고전에 길을 묻다

김영 지음

고전에 ?길을 묻다

청아출판사

필자의 사회비평 에세이 모음집인《고전에 길을 묻다》는 촛불혁명 직후인 2017년에 펴낸《함께 가는 길》이후 4년 동안 쓴 글을 추려 묶은 것이다.

2016년과 2017년 봄 사이에 국정농단을 일삼던 정권이 탄핵당하고 새로운 문민정부 시대가 열렸다. 시민의 열화와 같은 촛불시위로 피 한 방울 흘리지 않고 정권이 평화롭게 교체되어 세계인의 부러움을 사기도 했다. 그러나 대통령은 바뀌었지만, 그동안 쌓인 사회적 과제들은 남아 있고, 검찰, 언론, 재벌, 관료를 비롯한 수구 기득권층의 저항은 만만치 않다. 일찍이 함석헌 선생께서 '깨어 있는 백성이라야 산다'라고 하여, 민주 사회는 저절로 이루어지는 것이 아니라 각성한 시민의 참여로 조금씩 진전됨을 말씀하셨다. 그런데 민주 시민의 올바른 사회 참여를 위해서는 과거의 역사와 고전에 대한 끊임없는 공부와 함께 철저한 자기 성찰이 필요하다.

필자는 평생 한문학을 공부하면서 학생을 가르치고 책을 읽으며 살아왔다. 그러나 세상이 어지럽고 혼란할 때는 선학의 '독서불망구국(讀書不忘救國)'이라는 가르침을 따라 가끔 학생, 시민과 함께 민주 광장으로 나가기도 하고 SNS를 통해 대사회 발언을 하였다. 이 책은 한 인문학도의 두서없는 독서 편력과 순진한 사회 참여의 행적을 담은 것이다. 몇 년 전 정년퇴직하고 세계 고전 문학 작품과 노자, 장자, 사기, 주역 같은 동양 고전을 다시 읽으면서도 역사 현실을 고민하지 않을 수 없었던 소생이 고전에 길을 물으며 현재와 고전과의 대화를 나눈 것을 기록한 것이다. 이 책에 실린 글들은 다른 지면과 콜로키움에서 발표한 것도 있으나 대부분 페이스북에 올려 페친들과 소통했던 글이다. 의식이 잠들지 않도록 나를 일깨워 주고, 따뜻한 격려와 성원을 아끼지 않으신 페친들께 깊이 감사드린다.

바라건대 지금 겪고 있는 코로나19의 전 세계적 대확산이 종식되고, 민주화와 정의 실현을 통해 진정한 사회 평화를 되찾아, 다시는 이 부족한 서생이 세상일에 신경 쓰지 않고, 인류의 지혜가 내장된 동서양 고전의 세계를 자유롭게 소요할 수 있었으면 한다.

끝으로 어려운 출판 환경에도 근년에 소생의 졸저를 거두어 출판해 주시는 이상용 사장님께 감사드린다. 이 책의 표지 디자인을 해 준 큰딸 연이와 원고를 검토해 준 둘째 원이에게도 고마운 마음을 전하고, 힘들고 지쳐 있을 때 희망이 되어 준 손녀 에린이와 로에 그리고 40년간 동행하면서 늘 든든한 길벗이 되어 준 아내 은숙과 책 출간의 기쁨을 나누고자 한다.

2021년 봄
자락서실에서 김영

1부 노자와 장자 다시 읽기

2부 시대를 건너는 고전의 힘

3부 세계 문학과 책 읽기

4부 변화하는 세상 살아가기

5부 파리에서 지내며

노자와 장자 다시 읽기

자기를 아는 사람

다른 사람을 아는 자는 지혜롭고,

자기를 아는 자는 현명하다.

다른 사람을 이기는 자는 힘이 있고,

자기를 이기는 자는 그 뜻이 굳세다.

만족할 줄을 아는 자는 부유하고,

힘써 행하는 자는 뜻이 있다.

그 근본의 자리를 잃지 않는 자는 오래 가고,

몸이 죽어도 잊히지 않는 자는 영원히 산다.

《노자老子》33장

　　다른 사람이 하는 말의 핵심을 잘 알아듣고 역사적 경험을 오늘에
되살릴 줄 아는 이는 지혜로운 사람이다.

　　자신의 처지를 객관적으로 인식하고 자기 능력과 한계를 정확히
아는 이는 현명한 사람이다.

남보다 뛰어난 사람은 평소에 실력을 쌓은 사람이며,

자기감정과 욕심을 통제할 수 있는 사람은 참으로 강한 사람이다.

만족할 줄 아는 사람보다 더 큰 부자는 없고,

흔들리지 않고 바르게 정진할 수 있는 것은 확고한 지향이 있기

때문이다.

항상 중심을 잃지 않고 근본 도리를 지키면 오래 유지될 수 있고,

죽어도 그 명성이 사람들에게 오래 기억되어 영원히 살 것이다.

사람은 땅에 의지하고

사람은 땅을 의지하고 본받으며
땅은 하늘의 영향을 받고
하늘은 도를 본받고
도는 스스로 그러하다.

《노자老子》25장

사람은 자기가 태어난 지역과 자연환경, 언어와 인문 환경의 영향을 받는다.

하늘에서 비가 내리지 않으면 땅은 사막화되고, 비가 알맞게 내리면 땅은 비옥해져 뭇 생명이 잘 자란다.

하늘을 수놓고 있는 별들은 우주의 법칙을 따르고,

도(道)도 봄이 오면 꽃이 저절로 피고 새가 스스로 노래하는 자연의 순리를 따른다.

이렇게 사람과 땅과 하늘은 서로 의지하고 영향을 주고받고 있다.

그런데 인간의 그칠 줄 모르는 탐욕은 자연을 파괴하고 하늘을 더럽혀,

급기야 우리가 마시는 강물은 더러워졌고 우리가 숨 쉬는 공기는 미세먼지와 탄산가스로 가득 차게 되었다. 편리함과 욕망에 사로잡혀 자연이 병들면 인간이 병든다는 엄연한 사실을 외면해 온 자업자득의 결과이다.

> 벌들은 이 꽃 저 꽃으로 다니면서 꿀을 조금씩 모은다. 그러면서도 꽃을 해치지 않는다. 저들이 얼마나 점잖고 자제를 할 줄 아는지 아는가. 하지만 인간들은 어떤가. 땅이 아낌없이 주는 것을 얻으면서도 한계를 모르고 땅이 고갈될 때까지 가려고 하지 않는가. 사티쉬 쿠마르,《그대가 있어 내가 있다》

이제라도 벌들의 지혜를 본받아 급속 성장과 대량 소비의 질주를 멈추고, 하늘과 땅에 의지해 사는 인간의 도리를 회복해야 하지 않을까.

탐욕의 끝

만족을 모르는 것보다 큰 화는 없으며
탐욕스럽게 얻으려는 것보다 큰 허물은 없다.

《노자老子》46장

　　얼마 전 미국의 원로 여배우 제인 폰다(1937~)가 워싱턴 D.C. 연방
의사당 앞에서 기후 변화 대응에 촉구하는 시위를 벌이다가 체포되
는 뉴스를 보았다. 1970년대에도 베트남 침략 전쟁에 반대하는 반
전 평화 시위를 했던 제인 폰다는 스웨덴 출신 환경 지킴이 소녀 그
레타 툰베리를 비롯한 세계 청소년들의 용기 있는 활동에 자극받아
긴박한 기후 변화에 직접 행동을 촉구하는 시위를 벌이다가 체포 구
금된 것이다.

　　해안에 떠밀려 온 고래의 배 속에서 엄청난 플라스틱과 어망이 나
오고, 하늘이 미세먼지와 탄산가스로 자욱해 숨쉬기조차 어려워져
도, 무분별한 자연 훼손과 에너지 자원의 낭비를 멈추지 않는다. 최

근 10년 동안 지구는 가장 무더운 시기를 맞이해 기온이 섭씨 1.1도 상승했다. 지구 온난화와 환경 위기는 인류가 적응 가능한 수준을 넘어서고 있다. 이런 인류의 생태학적 위기 상황을 국제적 협력을 통해 대처해도 모자랄 판에 트럼프는 파리 기후협약을 탈퇴하고, 아베는 후쿠시마 원전 사고로 심각하게 누출된 방사선 오염수를 바다에 방류하려 하고 있으며, 중국은 온실가스를 세계 1위로 내뿜고 있다.

오죽하면 16살 툰베리 같은 청소년들이 나서고 제인 폰다 같은 원로배우가 다시 시위를 하겠는가.

탐욕의 끝은 재앙이며, 쾌락의 끝은 파멸이다. 이제 땅을 어머니의 가슴으로, 석유를 어머니의 피로 생각해 온 인디언의 생태적인 세계관을 복원하고, 그칠 줄 알면 위태롭지 않고 만족할 줄 알면 욕을 당하지 않는다는 노자의 가르침에 귀 기울여야 하지 않겠는가.

장자를 다시 읽으며

나의 독서에 대한 생각은 이렇다.

1. 동서양과 고금을 막론하고 '오늘날 우리의 역사 현실'이라는 관점에서 취할 것은 취하고 버릴 것은 버린다.(東西古今取捨)
2. 책을 읽되 사회 공동체와 나라, 세계의 위기를 외면하지 않는다.(讀書不忘救國)
3. 박학다식과 명성을 위해서가 아니라 나 자신을 성찰하고 우리 사회의 문제 해결을 위해 책을 읽는다.(問題解決型讀書)

평소에 이런 독서관을 가지고 있다가 정년퇴직하고 나서 가능하면 사회 활동을 줄이고 조용히 '자락서실'에서 읽고 싶었던 책을 읽기로 마음먹었다. 그러나 세상이 내 뜻대로만 돌아가는 것은 아니어서 가끔 사회 문제와 정치 현실에 발언하거나 참견하기도 하였다.

이제 우리나라가 세계적으로 코로나 모범 방역국이 되고, 지난 총선에서 민주 세력이 압승을 거두는 결과를 보고, 좀 홀가분한 마음으로 인문학도의 본래 자리로 되돌아왔다. 다시 동양 고전서로 돌아와 나의 전공과도 밀접한 관련이 있는 《장자莊子》를 읽기 시작한다. 장자 공부는 조선 후기 안동 지방 문장가이자 도훈장인 이광정(李光庭, 1674~1756)의 우언집인 《망양록亡羊錄》을 연구할 때부터 시작했으니 이제 꽤 오래된 셈이다. 그러나 내 전공이 철학이 아니고 문학이다 보니 장자의 우언에 관심이 있어도 장자의 철학 사상을 깊이 공부할 기회가 없었다.

그러다가 2000년 한국학술진흥재단의 후원으로 베이징 대학에 객원교수로 가 있으면서, 그곳 철학과에서 도가 철학을 전공하는 석박사 연구생들과 함께 1년 동안 매주 금요일 오전에 곽경번의 《장자집석莊子集釋》 4책을 스터디할 기회를 얻었다. 장자 연구의 기본서인 곽경번의 책을 텍스트로 삼아 공부하면서, 나는 샤오위안(勺園) 방문학자 숙소로 돌아와서는 진고응의 《장자금주금역莊子今註今譯》으로 복습했다. 그러면서 주말에는 베이징 대학 구내서점과 만성서점, 해정구 도서성에서 노장 관련 서적을 부지런히 구입했다. 귀국 후에는 안동림, 김충렬, 이강수, 김창환, 전호근, 탄허 스님 등 우리나라 학자와 일본 학자의 서적을 구했다. 그러나 이 귀한 번역서와 연구서들을 제대로 읽을 겨를이 없었다.

이제 다시 오랜 염원인 '장자 공부'를 시작할 수 있게 되어 기쁘다. 베이징 대학에서 스터디할 때 첫 모임에서, 장자는 '천의 얼굴을 한 고전'이기 때문에 장자의 언어 표현인 우언, 중언, 치언의 특징에 주목해야 하며, 장자가 연대기를 달리하는 복수 저자들의 집단 저작물이라는 점을 유념하고, 장자에 스며들어 있는 다양한 철학적 주제를 파악해야 한다고 다짐했다.

오늘 20년 전 베이징 대학 시절 읽던 장자 책들을 꺼내 정리한 뒤, 줄 치고 메모한 부분을 다시 보니 감회가 새롭고, 그때 같이 공부했던 학문적 열정으로 가득한 동학들의 모습이 떠오른다.

이제 바쁠 것도 없고 마땅히 해야 할 책무도 없다. 자유 독서의 즐거움을 누린다. 장자를 읽다가 눈이 피곤하고 허리가 뻐근해지면 안양천 산책길에 나가 '소요유(逍遙遊)'나 하련다.

우리는 얼마나 많은
땅이 필요할까

뱁새는 깊은 숲속에 둥지를 틀지만
가지 하나면 충분하다.

《장자莊子》〈소요유逍遙遊〉

톨스토이의 단편 소설 중에 〈사람에게는 땅이 얼마나 필요한가〉
라는 작품이 있다.

자기 소유의 땅을 가져 보는 것이 소원인 가난한 농부가 내기를
좋아하는 사람을 만나 땅을 소유할 수 있는 내기를 한다. 아침 동이
트기 전에 출발해서 해가 지기 전에 떠난 곳으로 되돌아오면 밟고
온 땅을 자기 소유로 해 준다는 기막힌 내기였다. 가난한 농부는 얼
씨구나 하고 콧노래를 불렀다. 다음 날 아침 이 농부는 땅을 갖게 되
었다는 기쁨에 목이 타고 갈증이 났지만 물도 마시지 않고 쉬지 않
고 달렸다. 더 많은 땅을 차지하고 싶은 마음에 발걸음을 재촉했다.
그러다 보니 시간 가는 줄 몰랐다. 어느덧 해가 기울어지기 시작했

다. 그제야 농부는 해가 떨어지기 전에 출발지로 돌아가지 않으면 꿈이 수포가 된다는 것을 깨닫고 되돌아 뛰기 시작했다. 죽자 살자 온 힘을 다했으나 너무 멀리 갔다 오느라 아스라이 출발지의 깃발이 보였을 때 이미 해는 뉘엿뉘엿 떨어지고 있었다. 농부는 멀리서 손을 흔들어 보이며 손짓을 하다가 그 자리에서 숨을 거두었고, 결국 땅 한 평의 무덤에 묻혔다.

농부는 더 많은 땅을 탐내다가 땅도 잃고 생명까지 잃은 것이다. 톨스토이는 이 가난한 농부를 통해 지나친 욕심이 화를 부른다는 것을 우의적으로 암시하고 있다. 노자도 "그칠 줄 알면 위태롭지 않고, 만족할 줄 알면 욕을 당하지 않는다.(知止不殆, 知足不辱)"라고 하지 않았던가.

영국의 심리학자 마이클 아가일의 《행복심리학》에 따르면, 인간의 행복도를 규정하는 결정적인 요인은 따뜻한 인간관계, 적당한 일, 마음의 여유이며, 물질적 풍요는 우리가 일반적으로 생각하는 것만큼 그렇게 밀접한 상관관계가 없다고 한다.

뱁새가 둥지를 틀 때 가지 하나로 족하듯이 우리가 생존하는 데 그렇게 많은 물질이 필요하지는 않다. 지나친 욕심 때문에 우리는 늘 허덕이고 있고, 남에게 보이기 위해 우리는 지나친 소비를 하는 것이다.

사람들은 결코 물질 그 자체를 사용 가치로 소비하는 것이 아니라 이상적인 준거 집단이라고 생각하는 집단에의 소속을 과시하기 위해, 자신을 타인과 구별 짓는 기호로써 물질 소비를 하고 있다. 장 보드리야르, 《소비의 사회: 그 신화와 구조》

자발적 헌신과
아름다운 연대

어질게 살면서도
스스로 어질다는 마음을 버리면
어디 간들 사랑받지 않으리오.

《장자莊子》〈산목山木〉

    10여 년 전 학생들과 같이 이청준의 《당신들의 천국》을 읽고, 작품의 배경이 된 전남 고흥 앞바다의 나환자촌 소록도를 찾아간 적이 있다. 그곳 책임자가 들려준 소록도의 역사와 현재 남아 있는 나환자의 상황을 설명으로 들은 뒤 주변을 둘러보다가 조그만 비석을 하나 발견했다. 1960년대 초에 낯선 이역 땅 소록도에 와서 40년간 한센병 환자들을 돌보다가 나이 일흔이 넘자, 이제 자신들이 남에게 부담이 될까 봐 조용히 편지 한 장 남기고 떠난 오스트리아의 두 수녀 마리안느와 마가렛을 기리는 비석이었다. 감동과 충격이었다.

    최근 세계를 감염병 대유행(pandemic)으로 몰아넣은 코로나19 사태 와중에 전염 속도가 빠르고 '양성' 판정 환자가 증가해서 현지 의료 인력과 의료 시설로는 감당하기 어려운 지경에 이른 대구 경북 지역으로 달려간 의사와 간호사, 자원봉사자의 모습을 보면서, 아무런 대가를 바라지 않고 순수한 마음으로 환자를 돌보려 한 그분들의 '무주상보시(無住相布施)' 정신이 소록도에서 사랑을 몸으로 실천한 마리안느와 마가렛 수녀의 그것과 많이 닮았다는 생각이 들었다.

이번 코로나 사태에서 환자를 직접 진단 치료하는 현장의 의료인과 방역본부 공무원의 노고가 가장 크다. 다만 필자에게는 1980년대 광주 민중 항쟁 시기에 엄청난 비극을 겪은 광주에서 먼저 대구 지역으로 의료진을 파견한 뒤, 광주 시민도 마스크를 보내고, 간호사관학교를 졸업하고 소위로 임관되자마자 대구 경북 지역 임지로 파견된 간호장교의 밝은 모습을 담은 기사가 가장 인상적이었다.

3월 27일 프란치스코 교황은 봄비 내리는 텅 빈 베드로 광장에서 "저희를 돌풍의 회오리 속에 버려두지 말아 달라." 하고 기원하면서, "우리는 모두 같은 배를 타고 있는 연약한 사람"이며 "우리 모두 하나가 되자."라고 연대를 호소했다.

코로나19가 유럽을 넘어 미국까지 덮치면서 세계 시민의 자발적인 헌신과 격려도 이어지고 있다. 환자를 돌보다가 환자와 함께 숨진 의료진들, 지역 봉쇄를 당해 집에 갇혀 지내면서도 용기를 잃지 말자며 저녁마다 발코니에 나와 냄비를 두드리며 노래를 부르고 손뼉 치는 시민들, 본인이 알츠하이머병을 앓고 있으면서도 이웃을 격려하고자 마지막이 될지도 모르는 하모니카 연주를 하는 84세의 할아버지, 이 모든 분이 코로나 팬데믹을 겪고 있는 인류에게 희망과 용기를 주고 있다.

　이렇게 어진 행동을 자발적으로 하면서도 티 내지 않고 슬픔과 고통을 이웃과 나누는 분들, 이번 코로나 방역에서 세계적 모범을 보인 우리나라의 방역 관계자들은 그야말로 이름 없는 영웅으로 성숙한 세계 시민의 본보기라 할 것이다.

들소처럼 나무처럼

날마다 돈과 권력의 쟁탈전 속에 살아가는 우리들에게 장자(莊子)는 한 줄기 시원한 바람이고, 자유와 해방의 꿈을 인도하는 전령사이다. 장자의 무한한 상상력은 썩은 쥐를 놓고 다투는 속인들을 일거에 초라하게 만들고 '무하유지향(無何有之鄕)'의 세계로 안내한다.

장자의 〈소요유〉편 첫머리는 등의 크기가 몇천 리가 되는지 알수 없고 하늘의 구름같이 날개가 드리운 붕(鵬)새가 등장해 우리의 좁은 인식의 틀을 깨트리는 상상력을 펼쳐 보이다가, 마지막에는 검은 들소와 큰 나무 이야기로 매듭을 짓는다.

그대는 살쾡이를 본 적이 있는가? 몸을 낮추고 엎드려서 놀러 나온 짐승들을 엿보다가, 동쪽과 서쪽으로 뛰놀고 높고 낮은 것을 가리지 않다가 결국 덫에 걸리거나 그물에 걸려 죽게 된다네. 그런데 저 들소는 크기가 하늘에 드리운 구름 같지만 크기만 할 뿐 쥐 한 마리 잡지 못한다네.

《장자莊子》〈소요유逍遙遊〉

살쾡이는 몸을 바짝 낮추고 있다가 다른 짐승을 잡아먹는 나쁜 짐승이다. 자신의 능력과 힘을 믿고 동서남북, 상하좌우를 가리지 않고 설치다가 결국 덫이나 그물에 걸리는 멧돼지도 그와 비슷한 짐승이다.

장자는 이와 대조적으로 크기만 하고 쥐도 잡지 못하는 들소와 쓸모가 없다고 여겨지는 큰 나무가 오히려 소중하고 쓸모 있다고 한다. 남을 해치지도 않고, 자신을 해치지도 않는다는 것이다.

세상에서 가장 나쁜 일이 남을 해치는 전쟁과 살인, 고문과 약탈이다. 세상에서 생명보다 더한 가치가 어디 있겠는가. 그런데도 패권과 독식에 눈이 먼 미치광이 지배자들은 '평화를 위한 전쟁'을 자행하고, 자기 계급만의 이익과 기득권 사수를 위해 온갖 못된 짓들을 그럴듯한 명분을 내세워 뻔뻔스럽게 저지르고 있다.

장자는 이렇게 남을 해치고 공동체를 파괴하는 나쁜 짓을 저지르기보다는 차라리 들소처럼 넓은 들판에서 한가로이 풀을 뜯어 먹으며 자족하며 살고, 큰 나무처럼 괜한 명성과 잘난 재능 때문에 자기를 희생시키지 않고 자기 생명을 보존하며 사는 '양생(養生)'의 길을 제시하고 있다.

매일 권력의 헤게모니를 장악하려고 죽고 살기로 싸우는 정치 현실과 자기 계급의 배타적 이익을 위해 무슨 일도 서슴지 않는 세상에서, 장자의 이러한 평화 생명 사상은 일견 소용이 없는 것처럼 들릴지 모른다. 그러나 바로 이렇게 현실적으로 소용이 없는 것 같은 무용(無用)의 사상이 인류에게 궁극적인 평화와 지속 가능한 생명을 가져다주는 유용(有用)의 철학이 될 수도 있지 않을까.

'쩐錢'국 시대

지금 그대에게 큰 나무가 있는데 그것이 쓸모없어서 걱정된다면 어찌 삶을 해치는 것이 아무것도 없는 마을[無何有之鄕]이나 광막한 들판에 심어 두고, 그 곁에서 하는 일 없이 배회하며 그 아래에서 소요하다가 잠들지 않는가. 도끼에 베어 일찍 요절 당하지 않고 해칠 것이 없을 것이니, 쓸모없다는 것이 어찌 괴로운 일이기만 하겠는가.

《장자莊子》〈소요유逍遙遊〉

대량 생산과 빠른 유통, 대량 소비와 무단 폐기의 시스템으로 작동되는 지금의 자본주의 문명은 삼림(森林) 자원을 난개발하고 석유를 과잉 채취하여 무분별하게 에너지를 사용하다가 지구 생태계가 교란되고, 급기야 전 세계적인 코로나 대감염 사태를 초래했다. 서로 상생하기보다는 강자와 승자의 독식을 용인하고, 인간과 자연의 공존 공생 관계를 유지하기보다는 오로지 인간의 탐욕과 이윤만을 추구하다가 결국 파국의 상황을 맞게 된 것이다.

'이익'과 '경쟁'을 최우선 가치로 내세우다 보니, 인간 생존의 기본 공간인 땅과 집이 투기 대상이 되어 온 나라가 부동산 광풍에 휘말리고, 학교도 인간다운 사람을 양성하지 않고 성적만 잘 따는 득점 기계를 양성하는 곳으로 변질하였다. 대학은 더는 나라의 안녕이나 인류의 미래를 고민하지 않고, 효율적인 돈벌이를 하는 데 필요한 정보와 기술을 익히는 직업학교로 변질했다. 학생들은 인문학이나 예술, 기초과학에는 관심이 없고 오로지 취업에만 관심을 집중하고 있다. 봉사 동아리나 독서 이념 동아리를 찾는 학생은 드물고, 증권과 부동산 정보를 교류하는 실용 동아리에 들어가는 데는 경쟁이 치열하다.

우리 사회 전체가 무한 경쟁과 이윤 추구를 향해 질주하다 보니 서로 간의 적대감과 불안 심리는 증폭되고, 이익을 위해 자연을 훼손하다 보니 이 지구별은 심각하게 병들어 가고 있다.

마하트마 간디가 "이 지구는 우리의 필요를 위해서는 충분하지만, 우리 욕심을 충족시키기 위해서는 매우 가난한 곳이다."라고 말한 바와 같이, 지구촌의 생산량은 늘 과잉이지만 고르게 배분되지 않고, 우리 인간의 탐욕을 충족시키는 데 늘 쫓기고 있다. 문제는 더 많은 생산을 위한 경쟁과 효율성 추구가 아니라 공생과 공존을 위한 나눔과 돌봄을 어떻게 기획하고 실천하느냐 하는 것이다.

부국강병을 추구한 전국 시대를 살았던 평화 생태 사상가 장자가 날마다 사람을 죽이고 곡식과 자연을 황폐하게 하는 전쟁을 벌이는 것보다 차라리 쓸데없이 전쟁을 벌이지 않고[非戰] 생명 자체를 소중히 여기며 한가하게 소요하다가 낮잠이나 자는 게 낫다고 말한 이유이다.

장자가 살던 시대가 전국 시대(戰國時代)였다면 오늘날은 돈을 둘러싸고 벌이는 '쩐(錢)'국 시대가 아닌지 모르겠다.

기쁨과 노여움

원숭이를 기르는 사람이 원숭이에게 상수리를 나눠 주면서,
"아침에 세 개, 저녁에 네 개를 주겠다."
했더니 원숭이들이 모두 성을 내었다. 그래서
"그럼 아침에 네 개, 저녁에 세 개 주겠다."
하자, 모두들 좋아했다.
명(名)과 실(實)에 아무런 변함이 없는데도 기쁨과 노여움이 작용하였다.

《장자莊子》〈제물론齊物論〉

  장자의 유명한 '조삼모사(朝三暮四)' 고사이다. 아침에 도토리를 세
개 주고 저녁에 네 개 준다고 했을 때 성을 내던 원숭이들이, 아침에
네 개 주고 저녁에 세 개 주면 어떠냐고 했을 때 좋아했다는 것이다.
실리에는 아무런 차이가 없지만 당장 아침만의 유리함을 생각하는
원숭이를 통해 인간의 약삭빠름을 풍자하는 우언이다.
  우리 인간도 본래 차이가 없는데도 프레임에 걸려 큰 차이가 있는

것처럼 느끼고 속으며 살아가고 있지 않은가.

　담배 피우기를 좋아하는 어떤 신자가 자기 교회 목사에게 물었다.

　"목사님, 기도하는 도중에 담배를 피워도 되나요?"

　목사님이 정색하며

　"기도는 신과 만나는 엄숙한 시간인데, 담배를 피워서는 안 되지."

　라고 했다.

　다른 날 신자가 꾀를 내어

　"목사님, 담배를 피우는 중에 기도하면 안 되나요?"

　하고 물었더니, 목사님은 환한 표정을 지으며

　"기도는 장소와 때를 가릴 필요가 없다네."

　라고 대답했다.

　우리는 시비를 따지고 유리함과 불리함을 계산하지만 보이지 않은 손이 짜놓은 프레임에 걸려, 속는 줄도 모르고 본래 같은 줄 알고 살아가지 않는가. 똑똑하게 살아간다는 것이 실제로는 어리석은 일인 줄 모르고 살아가고 있지 않은가.

장자의 처세

장자가 복수(濮水)에서 낚시를 하고 있는데, 초(楚)나라 왕이 보낸 두 명의 대부(大夫)가 찾아와 왕의 뜻을 전달하였다.

"부디 나라의 정사를 맡아 주십시오."

장자는 낚싯대를 쥔 채 돌아보지도 않고 말했다.

"초나라에 신령스러운 거북이 있었는데, 죽은 지 3천 년이나 되었다고 들었소. 왕이 그것을 헝겊에 싸서 상자에 넣고 묘당(廟堂) 위에 소중하게 두었다는데, 그 거북은 죽어서 뼈를 남겨 귀하게 받들어지기를 바랐겠소, 아니면 살아서 진흙 속에서 꼬리를 끌며 다니기를 바랐겠소?"

두 대부는 대답했다.

"그야 살아서 진흙 속에서라도 꼬리를 끌며 다니기를 바랐겠지요."

그러자 장자가 말했다.

"돌아가시오. 나도 진흙 속에서 꼬리를 끌며 다닐 것이오!"

《장자莊子》〈추수秋水〉

장자의 야인정신(野人精神)과 생명존중(生命尊重) 사상을 보여 주는 일화이다. 왜 장자는 나라의 재상 자리를 마다하고 낚싯대를 드리우고 세월을 보내려고 했을까. 영토 확장과 부국강병을 위해 밤낮 전쟁을 벌일 궁리만 하던 당시 위정자들의 탐욕을 보고, 장자는 벼슬하는 것보다 강호에서 유유자적하며 자유롭게 사는 것이 자연의 순리라고 생각하지 않았을까.

　공자도 '나라의 도가 없는데 부하고 귀하게 되는 것은 치욕이다(邦無道, 富且貴焉, 恥也)'라고 말한 바가 있는데, 장자는 소요하고 방황하면서 자유롭게 살고, 실용성은 없지만 시원한 그늘을 제공하는 큰 나무처럼 오랫동안 생명을 손상당하지 않고 살아가기를 원했기 때문에 대부들이 전하는 임금의 청을 거절하였다.

　일찍이 우리나라 민주화 운동에 앞장서면서《씨알의 소리》를 발간하신 함석헌 선생께서도 〈들사람의 얼〉이라는 글에서 인간의 진정한 자유와 탈속청정을 위해서는 장자의 야인정신을 배울 필요가 있다고 하셨다. 함석헌 사상의 형성에는 김교신 선생의 '성서조선', 기독교 사상과 함께 장자의 자유정신과 생명 존중 정신이 큰 영향을 준 것으로 보인다. 함석헌 선생의 저항과 행동의 밑바탕에는 기독교 사상과 노장의 생명 평화 사상이 내재해 있었던 것 같다.

봉황새와 올빼미

혜자(惠子)가 양(梁)나라의 재상이었을 때, 장자는 그를 찾아가 만나려 했다.
그때 어떤 사람이 혜자에게 말했다.

"장자가 와서 당신 대신에 재상이 되려고 합니다."

그러자 혜자는 두려워서 사흘 밤낮 동안 온 나라 안을 수색하였다.

장자는 이 사실을 알고 스스로 혜자를 찾아가 말했다.

"남쪽에 봉황새의 일종인 원추가 살고 있는데, 그대는 아는가? 이 원추라
는 새는 남해에서 출발하여 북해로 날아갈 때 오동나무가 아니면 앉지 않
고, 대나무 열매가 아니면 먹지를 않으며, 단 샘물이 아니면 마시지 않는
다네. 이때 썩은 쥐를 얻은 올빼미가 원추가 지나가니까 입에 문 것을 빼
앗길까 봐 위를 향해 소리를 지르며 성을 내었다는 거요. 그대가 양나라
의 재상 자리를 뺏길까봐 지금 나에게 성을 내는 것이오?"

《장자莊子》〈추수秋水〉

보통 사람은 자기 생각과 경험에 의지해서 세상을 바라보고 남을

평가한다. 장사꾼 눈에는 돈만 보이고, 정치인 눈에는 사람이 표로 보인다. '관견(管見)'이라는 말처럼 자기의 좁은 붓 대롱을 통해서 세상을 바라보고 자기 깜냥으로 남을 판단한다.

국가 간 전쟁과 권력 암투가 끊이지 않던 춘추 전국 시대에 태어나 혼탁한 당시 세상을 버리고 방외에 살며 불의하면서 부귀한 것을 초개처럼 여겼던 장자는 많은 오해를 받았던 것 같다. 장자가 수학 시절 같이 토론과 논쟁을 했던 옛 친구가 보고 싶어 찾아갔더니, 혜자는 자기의 재상 자리를 뺏으려고 온 것으로 착각해서 경계한다.

그러자 장자는 썩은 쥐를 입에 문 올빼미가 오동나무가 아니면 앉지 않고 대나무 열매만 먹고 단 샘물만 마시는 봉황새인 원추(鵷鶵)를 오해해서, 자기가 잡은 쥐를 빼앗으러 온 줄로 알고 소리를 질렀다는 이야기를 들려준 것이다.

세상의 오해는 다 제 선입견에서 비롯된다.

차별과 배제에서
해방과 평등으로

도란 원래 경계가 없고, 말이란 애초에 일정한 의미가 없다. 이 말 때문에
구분이 있게 되었다. 그 구분에 대해 말해 본다. 좌와 우가 있고, 인륜과
의리가 있으며, 분수가 있고 차별이 있고, 겨룸과 다툼이 있는데, 이것을
8종의 구분이라고 한다.

천지의 바깥에 대해서는 성인이 논하지 않고 그냥 두고, 천지의 안은 성
인이 논하기는 하지만 따지지 않는다.《춘추》의 경세(經世)에 대한 선왕의
기록에 대해서는 성인이 논의하기는 하지만 옳고 그름을 쟁변하지 않는
다. 그러므로 사람들이 나누지만 나누지 못한 것이 있고, 구별하지만 구
별할 수 없는 것이 있다. 어째서 그런가. 성인은 품어 주고, 보통 사람은
구별해서 서로 보여 준다.

《장자莊子》〈제물론齊物論〉

　사람들은 나누기를 좋아한다. 권력자와 서민을 나누고, 부자와 가
난한 사람을 나누고, 서울에 사는 사람과 지방에 사는 사람을 나누

고, 서울에서도 강남 3구의 분양 아파트에 사는 사람과 강북 임대 아
파트에 사는 사람을 나누고, 정규직과 임시직을 나누고, 사무직 근
로자와 현장 노동자를 나누고, 장교와 사병을 나누고, 교수와 강사
를 나누고, 백인과 흑인과 황인을 나누고, 유럽과 아시아와 아프리
카를 나누고, 남자와 여자로 나누어 차별하고 배제한다.

노자의 말처럼 하늘과 땅은 사람을 편애하고 차별하지 않지만[天
地不仁], 이 세상은 이렇게 서로를 갈라놓고 갈기갈기 찢어 놓는다.

누가 이런 차별과 배제의 언어를 만들어 서로를 갈라놓고 서로
갈등하고 증오하게 만드는가? 직설적으로 말하면 현 기득권 체제
를 유지하려는 지배자와 가진 자들의 '분리해 지배하려는(divide and
rule)' '우리 안의 식민 책략' 때문일 것이다. 재벌 손아귀에 들어간
신문과 방송들은 우리의 이성을 마비시키는 거짓 정보와 상품 광고
를 폭포처럼 쏟아내고, 비판적 감시자의 역할을 해야 할 지식인, 종
교인, 언론인도 엄청난 약탈 자본주의의 물량 공세와 기득권 지배
계층의 교활한 포섭 전략에 마비되어 거짓 언어로 혹세무민하는 데
앞장서고 있다.

이런 지배의 언어와 혼란을 부추기는 담론을 통찰해서 비판하지
않으면 장자가 말하는 인간이 평등하고 만물이 고른 '제물(齊物)'의
세상은 오지 않는다. 기득권 수구 집단의 요구에 따라 지배의 언어
를 구사하는 지식인, 언론인, 종교인은 서로 협력하고 상생하는 대
동과 해방의 지식 습득을 방해하고, 각자도생의 경쟁만이 유일한 출

구인 양 선전하고 있다. 그들은 인간의 자유와 해방을 위한 협력과 연대, 환대와 관용의 가치를 추구하는 큰 지혜(大知)는 생산성 향상에 도움이 되지 않는다고 폄하하면서, 오직 경쟁에서의 승리를 위한 작은 지혜(小知)와 자기 계발 노력만을 강조하고 있다. 전형적인 기득권 체제 유지 지식인의 행태이다.

종교인은 역사 현실에서 고통받고 있는 가난한 사람들은 외면하고 가진 자들에게 면죄부를 주기 바쁘고, 언론인은 곡필과 요설로 사회의 진실과 정의는 외면하고 오지 재벌과 신문 방송사 사주의 이익만을 위해 복무하고 있고, 대학교수는 성숙한 인간과 공동체의 미래를 생각하는 인재를 양성하기보다는 시험과 취업에 강한 득점 기계를 배출하느라 바쁘다.

이렇게 바른말과 글로 세상을 이끌어 가야 할 지식인, 언론인, 종교인이 비판 의식과 정의감을 상실하고 배부른 기득권자들의 나팔수 역할을 계속한다면, 우리 사회는 옳고 그름이 가려지지 않는 일차원적인 사회로 전락해 혼란과 갈등만 계속될 것이다. 이렇게 쓸데없는 짓을 하기보다는 차라리 큰 나무 아래에서 낮잠이나 자는 게 낫지 않을까. 장자의 권유이다.

흉기가 된 언론

옛날 지인은 먼저 자기 자신의 도를 살핀 뒤에 다른 사람의 도를 살폈다. 자기 안에 존재하는 도가 아직 안정되어 있지 않으면 어느 겨를에 포악한 사람의 소행을 바로잡는 데 이를 수 있겠는가.

덕은 명성을 추구하다가 어지러워지고, 지모(智謀)는 경쟁에서 이기려는 데서 나오는 것이다. 명성이라는 것은 서로 알력(軋轢)하게 되고, 지모는 경쟁에서 이기기 위한 도구이다. 이 두 가지는 흉기인지라 끝까지 추구할 만한 것은 아니다.

《장자莊子》〈인간세人間世〉

코로나19의 재확산과 일찍이 겪어 보지 못한 기후 재앙으로 인한 오랜 장마와 홍수에 이어 밀어닥친 대형 태풍이라는 국가적 재난 속에서도, 국민의 고통은 아랑곳하지 않고, 서로 책임 공방을 벌이는 정치권의 행태도 한심하지만, 평소에 정론직필과 공정성을 내세우던 신문 방송들이 한가하게도 모 장관 아들의 휴가 연장의 적법성을 국가의 존망을 가르는 중대사인 양 보도하는 것을 보면 과연 이게 언론인지, 어느 당의 기관지인지, 사회 혼란을 야기하기 위한 흑색 선전지인지 헷갈린다.

고 김수환 추기경께서 언론이 진실을 보도하면 국민이 빛 속에 살 것이지만 언론이 특정 세력의 시녀로 전락하면 국민이 어둠 속에 살 것이라고 한 경고가 현실이 되고 보니 황망하기 그지없다.

우리나라 1등 신문이라고 자랑하는 C일보는 요즘 연일 '법무장관 아들의 황제 휴가', '청탁과 압력', '엄마 찬스', '젊은이들 공정성 훼손 못 견뎌'라는 제목으로 지면을 도배하고 있고, 어느 특정 정당의 의혹 제기만을 침소봉대해 알리는 데 바쁘다.

코로나19와 지구 생태계의 변화가 가져올 불확실한 미래와 이 와중에 고통받는 사회적 약자의 목소리는 외면하고, 기존 기득권 체제에서의 특권을 놓지 않으려는 수구 적폐 정치 집단, 조직 이기주의에 따라 움직이며 국민의 생명과 권리는 팽개치는 검찰과 법원과 의료 집단, 세습과 불법 경영으로 유지되는 재벌, 가난한 예수가 없는 보수 개신교, 교육을 돈벌이 수단으로 생각하는 사학 재단은 더욱 활개를 치고 있다. 이러한 세력을 떠받치고 있는 것이 바로 수구 적폐 세력의 근거지인 족벌 언론이다.

이 수구 적폐 언론의 행태를 보면 경쟁 시스템 속에서 지배 기득권을 유지하기 위해 온갖 지모를 총동원하고, 거기에다 '정론 언론'이라는 명성까지 얻으려는 뻔뻔하고 후안무치한 욕심을 내고 있다.

수구 기득권 세력을 옹호하고자 '정론 언론'을 참칭하며 그럴듯한 명분과 합리란 누더기로 포장하는 이들의 지모는 장자가 말한 사회를 어지럽히고 해치는 '흉기'에 다름 아니다.

제발 가만히 두어라

남해의 제왕은 숙(鯈)이고, 북해의 제왕은 홀(忽)이며, 중앙의 제왕은 혼돈(渾沌)이다. 숙과 홀이 때때로 서로 함께 혼돈의 땅에서 만나면 혼돈은 그들을 매우 잘 대접하였다. 숙과 홀이 혼돈의 은덕을 갚을 방법을 의논하여 말했다.

"사람들은 모두 일곱 개의 구멍이 있어서 보고 듣고 먹고 숨을 쉬는데, 이 혼돈만은 없으니 시험 삼아 뚫어 주자." 하고는 하루에 구멍 한 개씩을 뚫었더니, 칠 일 만에 죽었다.

《장자莊子》〈응제왕應帝王〉

남의 마음도 내 마음과 같을까? 내가 옳다고 판단하는 것이 남에게도 옳은 것일까? 장자는 자기를 미루어 남을 짐작하는 일반적 유추의 정당성을 부정하고 모든 존재에 각자의 성질과 존재 이유가 있다고 보는 것 같다.

하늘을 자유롭게 날아다니는 야생의 새를 호화롭게 장식한 새장에 가두고 산해진미를 가져다 줘봐야 새들은 모래가 섞인 거친 풀씨와 낱알을 오히려 그리워하며, 세상에 미남 미녀 배우로 일컬어지는 장동건과 앤젤리나 졸리도 호숫가에 가면 물고기들이 도망치고 숲속에 가면 새들이 날아간다.

자기가 만들어 놓은 기준이나 잣대를 남에게 무차별적으로 적용하는 것은 폭력이다. 직장 상사가 국수를 좋아한다고 해서 부하 직원들에게 "오늘은 날이 더우니 냉콩국수를 먹으러 가자."라고 하거나, 다문화 가정 아이들이 있는 학급에서 교사가 우리는 단군 자손이라면서 '한민족의 우수성'을 자랑하거나, 비혼으로 살아가는 청년들 앞에서 결혼해서 아이를 낳는 것이 당연하지 않으냐는 무신경한 발언을 하는 것은 자기 처지와 일반적인 통념을 사회적 약자와 소수자에게 강요하는 몰지각한 언행이다. 이러한 기준과 판단은 사실 아무런 근거가 없으며 권력을 가진 자와 다수가 자기들의 기득권과 체제 유지를 위해 깔아 놓은 불공정한 장치에 불과하다.

장자는 이러한 기성의 고정된 관념을 전복시키고 차별과 경계의 시선을 버리고, 어떤 것을 위해 다른 것을 손상하지 않고 만물을 고르고 균등하게 보는 제물(齊物)과 대동(大同)의 이치를 제시한다. 장자는 나도 살고 남도 살며, 인간도 살고 천하의 모든 생명과 자연도 함께 스스로 그러한 모양으로 변화하며 살아가는 것을 이상으로 생각했다. 이러기 위해서는 남을 나와 구분해 차별하고 자기에게 유리한 기준을 마련하는데 소용되는 지식과 책략을 버릴 것을 요구한다. 장자는 "무심해서 스스로의 지혜를 쓰지 않는 자만이 변화가 나아가는 바를 따라 얽매이지 않을 수 있다."라고 하였다.

위의 '혼돈의 죽음' 이야기에서도 장자는 남해와 북해의 제왕 숙과 홀이 중앙의 제왕 혼돈의 대접을 받았으면 되었지, 굳이 과잉 보상을 해 주겠다고 자기들에게나 필요한 일곱 개의 구멍을 원시 자연의 모습으로 잘 살아가는 혼돈에게 뚫어 주는 무모한 짓을 개탄하고 있다. 이러한 숙과 홀의 자기중심적인 행동은 결국 자연 그대로 살아가던 혼돈의 죽음이라는 결과를 초래한다.

바람은 불게 하고, 물은 흘러가게 하라. 숲은 새들과 뭇 생명의 보금자리로 그냥 내버려 두고, 하늘은 탄산가스로 채우지 말고 강물과 바다는 플라스틱과 쓰레기로 오염시키지 말라. 핵발전과 핵무기로 이 지구를 위험에 빠트리지 말고, 농약과 유전자 조작 식품으로 우리 생명을 위협하지 말라.

왜 인간 마음대로 하려 하는가.

이 인위적인 만용을 멈추지 않으면 끊임없는 코로나 변종의 발생, 미세 플라스틱이 녹아 있는 물과 세슘이 들어 있는 물고기, 농약과 방부제로 오염되고 유전자가 조작된 곡식과 식품들, 탄산가스와 미세먼지와 오염 물질로 뒤덮인 공기는 우리에게 '혼돈의 죽음'을 가져오게 될 것이다.

제발 가만히 두어라. Let it be!

칼을 쓰는 법

포정(庖丁)이 문혜군(文惠君)을 위해서 소를 잡는데, 손으로 쇠뿔을 붙잡고 어깨에 소를 기대게 하고 발로 소를 밟고 한쪽 무릎을 세워 소를 누르니, 휙 하는 소리가 울리며 칼을 놀리자 훅 소리가 나는데 음률에 맞지 않음이 없어서, 탕 임금의 상림무악(桑林舞樂)에 부합했으며 요임금의 악곡인 경수(經首)의 음절에 꼭 들어맞았다.

문혜군이 말했다.

"아, 훌륭하다. 기술이 어찌 이런 경지에 이를 수 있는가."

포정이 칼을 내려놓고 말했다.

"제가 좋아하는 것은 도(道)인데 기술(技術)에서 더 나아간 것입니다. 처음 제가 소를 잡을 때는 눈에 보이는 것이 소 아닌 것이 없었습니다. 3년이 지나고 나자 온전한 소는 보이지 않았습니다. 지금은 제가 정신으로 소를 만나고, 눈으로 보지 않습니다. 오관의 지각이 멈추고, 신묘한 작용이 움직이면 천리(天理)에 따라 커다란 틈을 파고들며, 커다란 구멍으로 칼을 들이밀되, 본래 그러한 결을 따른지라 경락과 힘줄을 건드리지 않는데 하물며 큰 뼈이겠습니까?

솜씨 좋은 백정이라도 일 년에 한 번은 칼을 바꾸는데 뼈를 치기 때문입니다. 지금 제가 쓰고 있는 칼은 19년이 되었고 그동안 잡은 소가 수천 마리인데도 칼날이 마치 숫돌에서 막 갈아낸 것 같습니다. 저 뼈마디 사이에는 틈이 있고 칼날 끝은 두께가 없습니다. 두께가 없어 예리한 칼날을 빈틈으로 집어넣기 때문에, 칼날을 놀리는 데 반드시 여지가 있기 마련입니다. 이렇기 때문에 19년이 지났는데도 칼날이 마치 숫돌에서 막 새로 갈아낸 것과 같습니다.

비록 그러하지만 뼈와 근육이 얽히고설킨 곳에 이를 때마다 저는 그것을 처리하는 어려움을 알고, 두려움을 느끼고 조심하여 시선을 한 곳에 집중하고 손놀림을 더디게 하여, 칼을 아주 조금씩 움직입니다. 그래서 뼈와 살이 흙이 땅 위에 떨어지듯이 훅하고 떨어져 나가면, 그제야 칼을 잡고 우두커니 서서 사방을 돌아보며 머뭇거리다가 만족스러우면 칼을 잘 닦아서 간직합니다."

《장자莊子》〈양생주養生主〉

　　위의 글은 《장자》 〈양생주〉 편에 나오는 '포정해우(庖丁解牛)' 고사이다. 동양 철학자들은 포정이 얇고 예리한 칼로 소의 뼈와 살을 갈라내듯이 우리 인간도 빈 마음, 곧 허심(虛心)으로 어떤 일을 처리하면 상처를 입지 않고 양생(養生)을 할 수 있다는 것을 일러 주는 이야기로 해석한다. 포정으로부터 소를 잡는 방법을 듣고 문혜군도 양생의 도를 터득했다고 했으니, 이런 해석은 가장 정통적인 해석으로 정당하다.

그런데 요즘 필자에게는 이 고사가 정치인이나 검찰과 언론인이 우리 사회의 문제를 자기들만의 기득권 동맹을 유지하기 위해 천리(天理)를 거역하고 편협한 당파성과 집단 이익에 따라 말을 하고 행동하는 것에 대한 경고로 읽힌다. 요즘 우리 사회의 수구 기득권 집단의 언행은 최소한의 상식과 합리성조차 팽개치고, 편파적인 언행으로 공론장을 혼란스럽게 하고 사회를 어지럽히고 있다. 그중에서 대표적인 집단이 윤석열이 이끄는 정치검찰과 조중동 수구 언론일 것이다. 그들은 코로나 방역을 방해하여 국민의 생명을 위협하는 자들과 사회의 불평등 구조에 대해서는 강 건너 불 보듯이 하면서, 무소불위 검찰 조직의 기득권을 개혁하려는 전, 현 법무부장관과 가족에 대해서는 소위 기우제식 전방위 수사를 진행하고 그것을 언론에 흘림으로써 스스로 개혁 대상임을 만천하에 증명하고 있다.

그들은 형평성과 공정성은 안중에도 없고, 사안의 경중(輕重)이나 일의 선후(先後)조차 생각하지 않으면서, 사소한 것을 들춰내 자기 조직을 수호하고 기득권 동맹 세력을 옹호하기 위해 칼과 붓을 함부로 휘두르고 있다.

정치검찰과 한통속이 된 극우 성향의 편파적인 언론도 장자가 말한 하늘의 이치인 천리(天理)를 거역하고, 결을 따라 살과 뼈를 구분하듯이 옳고 그름을 가르지 않고, 자기들 입맛대로 사실을 왜곡하고 침소봉대하거나 축소 은폐하고 있다. 그들이 쓰는 칼과 붓은 이제 흉기가 되었다.

그런데 이렇게 무리하게 칼을 쓰는 정치검찰과 편파 언론은 순리에 따라 살과 뼈 사이를 가르는 포정의 칼과는 달리 빨리 무디어지거나 부러진다. 공정성과 합리성에 기초하지 않고, 옳고 그름과 사안의 중대성에 대한 고려 없이 자의적으로 무분별하게 칼과 붓을 휘두르면 결국 자기들이 휘두른 흉기에 그들 스스로가 다치게 될 것이다.

하늘의 이치와 자연의 결을 따르는 자는 흥하고, 이를 거역하는 자는 망한다. 이것이 역사의 교훈이다.

탄허 스님의
《장자남화경莊子南華經》

지난 겨울 방학을 손녀들과 보내다가 올 2월 초 파리에서 돌아올 때 코로나19가 전 세계에 서서히 퍼지기 시작했다. 사회적 거리 두기가 일상화되고, 뒤늦게 코로나가 확산한 이탈리아와 스페인, 프랑스는 지역 봉쇄를 시행했다. 우리나라는 초기에 신천지교회발 감염으로 대구 지역이 심각한 상황에 이르기도 했으나, 방역 당국과 의료인들의 기민한 대응과 헌신적인 노력, 국민의 마스크 착용과 자발적 위생 관리 등으로 비교적 선방하고 있는 것 같다.

소생도 가급적 외출과 만남을 자제하고 그동안의 삶을 성찰하면서, 만년의 숙제로 남겨두었던 장자 공부에 집중했다. 현직에 있을 때는 논문 작성과 강의에 필요한 우언 관련 문장을 발췌해서 보느라, 장자의 철학 사상과 전체의 문맥을 꿰뚫어 볼 시간적 여유와 정신적 차원을 가지지 못했다. 코로나로 불필요한 외출을 자제하니 공부할 수 있는 절대 시간이 확보되어, 장자 자신의 저작이라고 인정받는 〈소요유〉와 〈제물론〉을 비롯한 장자의 내편을 눈으로 읽고 낭독할 수 있었다. 대학원 시절 1년 휴학을 하고 지곡서당에서 《논어》,《맹자》,《시경》을 낭송하며 외웠듯이, 40여 년 만에 다시 유장하고 호한한 장자를 소리 내어 읽는 맛이 있었다. 글을 읽다가 이해가 잘 안 되는 문장은 제가들의 주석과 해석을 다시 찾아보았다.

학승으로 명망이 높았던 탄허 스님이 현토하고 번역한 《장자남화경》도 물론 참고하였다. 다만 탄허 스님의 번역이 유교, 불교, 도가의 용어를 독창적으로 혼용해 사용하여, 천학비재인 소생이 읽기에는 만만치가 않아 내편의 중심이라고 할 수 있는 〈소요유〉와 〈제물론〉 편의 번역과 해설만을 보고는 책상 옆에 놓아두고 있었다. 그런데 최근에 출간된 문광 스님의 《탄허 선사의 사교 회통 사상》민족사, 2020을 보니, 탄허 스님의 장자와의 인연과 공부 과정, 역해의 특징을 일목요연하게 정리해 주어 큰 도움이 되었다.

탄허 스님은 10대 시절에 유가 경전을 공부한 뒤 노자와 장자의 사상을 독학하면서 의문 나는 곳을 물을 스승이 없어 불가에 입문하여, 한암 스님 문하에서 불교 내전을 7년 공부한 뒤에 막혔던 노장의 의문처가 풀렸다고 한다. 탄허 스님은 유불도(儒佛道)에 두루 회통한 학승으로, 당대의 선배들인 양주동 박사와 함석헌 선생께서도 스님의 장자 강의를 듣고 경탄했다고 한다. 소생은 1980년대 초 강원대에 부임하였을 때, 원로 교수님이 월정사에 가서 탄허 스님의 장자 강의를 듣는다는 이야기를 듣고 그 강의가 책으로 묶여 나오기를 기다렸다. 탄허 스님께서 1983년에 입적하신 뒤에, 문도들이 장자 강연 녹음테이프를 풀어 2004년 5월에 《장자남화경》이라는 책으로 간행하였다. 그해 가을 소생이 월정사로 가을 나들이를 갔다가, 간행되기만을 기다리던 이 책을 발견하고 반가운 마음에 거금 5만 원을 주고 구입해 서가 가까운 곳에 꽂아두고 언젠가 반드시 보리라 마음먹었다.

탄허 스님은 장자 전편의 종지는 '무기(無己)' 두 글자에 있다고 하면서, 〈소요유〉 편에 나오는 '지인무기(至人無己)'는 유가의 '극기복례(克己復禮)'와 불교의 '아공법공(我空法空)'과 동일한 경지로 이해하였다. 철저한 무기(無己)와 무아(無我)를 통해 대붕의 소요유(逍遙遊)가 완성된다고 보았고, 이것은 불교의 해탈과 같은 대자유의 경계라고 하였다.

문광 스님의 탄허 사상에 대한 최초의 학술적 연구 업적이라고 평가받는 《탄허 선사의 사교 회통 사상》을 통해 탄허 스님의 장자 내편의 종지를 명쾌하게 이해할 수 있고, 이를 길잡이로 해서 탄허 스님의 《장자남화경》을 공부할 수 있음에 감사한다.

코로나19 재확산으로 다시 통행 금지와 봉쇄령이 내려진 프랑스에 갈 수 없는 이 몸은 '부모의 원수를 갚는 분한 마음'과 '눈에 넣어도 아프지 않을 것 같은 손녀들을 그리워하는 간절한 마음'으로, 《장자》 내편을 100독 하는 공부를 실천하리라 다짐한다. 최치원 선생은 열두 살에 당나라에 유학 가면서 남이 백 번을 읽으면 나는 천 번을 읽어야겠다는 '인백기천(人百己千)'을 다짐했고, 유불선에 두루 통달했던 탄허 스님도 《장자》를 천 번이나 읽으셨다지 않는가.

2부

시대를 건너는 고전의 힘

큰 임무를 맡기 전에 시련이

하늘이 장차 어떤 사람에게 큰 임무를 맡기려 할 때는 먼저 그 심지를 괴롭게 하고, 그 힘줄과 뼈를 수고롭게 하며, 그 몸과 피부를 굶주리게 하며, 그 몸을 궁핍하게 하여 그 하는 바를 어지럽힌다. 그렇게 함으로써 마음을 분발시키고 성질을 참게 하여, 그 능하지 못한 부분을 증대시키기 위한 것이다.

《맹자孟子》〈고자장구하告子章句下〉

힘든 고민의 시간이 살아갈 힘이 되어 준다. 자기의 삶이 어떤 의미가 있는지 치열하게 고민하지 않는 사람에게는 타인의 위로가 별 도움이 되지 않는다. 내 책임이든 사회의 책임이든, 닥쳐온 고통은 일단 내가 견디고 이겨내야 한다. 강상중, 《고민하는 힘》 시련 속에서 자기를 단련하고 그것을 긍정적으로 바라보는 삶은 울림을 준다.

시각 장애인 아버지를 오히려 자랑스럽게 생각한 강진석 군이 하버드 대학에 입학할 때 쓴 에세이 〈어둠 속에서 아버지가 읽어 주셨던 이야기〉에는 다음과 같은 대목이 있다.

시각 장애인인 아빠(우리나라 최초로 미국에서 특수교육학 박사 학위를 취득한 고 강영우 박사)는 불을 켜지 않고도 어둠 속에서 잠자리에 누운 나에게 동화와 이야기를 읽어 주었습니다. 그래서 나의 상상의 세계는 바다처럼 깊어질 수 있었고, 쉽게 잠이 들 수 있었습니다. 우리 아빠는 시각 장애인이셨기에 어둠 속에서도 점자책으로 책을 읽어 줄 수 있었던 것입니다. 그러나 우리 아빠는 불빛조차 볼 수 없는 완전 시각 장애인이지만 세상과 미래와 인생을 보는 선명한 비전을 가지고 있었습니다. 그래서 눈뜬 내가 시각 장애인 아빠를 인도하는 것이 아니라 시각 장애인인 아빠가 눈뜬 나의 인생을 선명한 비전으로 인도해 주십니다.

고난과 역경을 축복의 기회로 여기는 긍정적인 삶의 태도가 감동적이다.

돌 많은 밭이 오히려 좋은 도량이라고 했던가.

하늘이 준 벼슬

어질고 의롭고 진실하고 미더우며 선을 즐기며 실천하는데 게을리하지 않는 것이 천작(天爵)이고, 공경대부의 벼슬은 인작(人爵)이다. 옛날 사람들은 천작을 잘 닦아 인작이 따라오게 하였다. 그런데 요즘 사람들은 천작을 닦아 벼슬을 요구하고, 이미 인작을 얻으면 천작을 버린다.

《맹자孟子》〈고자장구상告子章句上〉

천작(天爵)은 인격을 완성한 사람에게 하늘이 주는 작위이고, 인작(人爵)은 인간이 사회 조직을 유지하기 위해 만든 인위적인 직위이다. 인격의 완성과 학문의 연찬에 몰두하다 보면 직위나 자리는 저절로 따라오게 되어 있는 법인데, 보통 사람들은 조급해서 남보다 먼저 자리를 차지하고 높은 직위에 오르려고만 한다.

공자도 남들이 자기의 좁은 학문이나 알량한 인격을 몰라준다고 조바심내지 말고 남들이 알만한 지적, 도덕적 수준을 성취하는 데 노력하라는 말을 자주 하였고, 명나라의 감산선사도 도를 추구하다

보면 공을 세우려고 하지 않아도 공이 저절로 커지고 이름을 내려
하지 않아도 이름이 두고두고 남는다고 하였다.

무엇이 되는 것이 중요하기보다는 어떻게 할 것인가가 중요하다.
지위 지향적 삶의 태도(Status oriented life style)보다는 가치 지향적 삶
의 태도(Goal oriented life style)가 성숙한 사람의 삶의 방식이 아닐까.

무엇이 가난인가

분수를 아는 이보다 더 큰 부자는 없고
탈속한 사람보다 더 고귀한 이는 없으리.
가난 중에 무식보다 더한 가난이 없고
천하다 한들 줏대 없음보다 더한 게 있으랴.
주변에 어진 이 하나 없는 것이 가난이고
벗들이 사방에서 찾아오면 그것이 바로 현달이다.

이지李贄,《분서焚書》

현대를 살아가는 우리가 소비하는 물질 가운데 대부분은 실제 인
간의 행복을 위해 필요한 게 아니라 단순히 중독되어 사용하는 것이
많다. 생텍쥐페리가 말한 것처럼 인간이 꼭 필요해서 껌을 소비하는
것이 아니라 '껌을 소비하는 인간'으로 길든 것은 아닐까.

이런 물질 만능주의 사회에서 그래도 우리를 인간답게 해 주는 것
은 바로 진정한 우정이다. 이반 일리치는 모든 것이 물상화된 현대

사회에서 인간의 영혼을 발견할 수 있는 곳은 '내 옆에 있는 이의 심장'이라고 하였다. 우정이야말로 서로에게 지지와 확신을 주는, 우리가 발 디딜 자리가 아닐까?

그런 의미에서 주변에 자기를 알아주는 어진 벗이 없다는 것이 정말 가난이라고 한 명나라 사상가 이지의 말에 수긍이 간다.

군자와 소인

군자는 자기 자신에게서 문제 해결의 방안을 찾고, 소인은 남에게서 그것을 찾는다.
군자는 다른 사람의 아름다움을 이루어 주고, 남의 악을 조성하지 않는다. 소인은 이와 반대이다.

《논어論語》〈안연顏淵〉

군자는 모든 것을 내가 부덕해서 그렇다고 생각하지만, 소인은 모든 잘못은 남의 탓으로 돌린다. 속이 좁은 소인배는 자기를 조금도 반성하지 않고 부끄러운 줄도 모르고, 자꾸만 변명을 늘어놓는다.

군자는 넉넉하고 긍정적인 삶의 태도를 가지고 있기 때문에 남의 장점을 보고 남이 잘되기를 바라지만, 소인은 속이 좁기 때문에 남이 잘되는 꼴을 못 보고 오히려 잘못된 길로 가도록 조장하기까지 한다.

자기를 행복하게 해 줄 사람이 자신이 아니고 다른 사람이라고 생각하는 의존적인 사람은 의존하고 있는 다른 사람의 변덕으로 인하여 사는 동안에 아마도 끊임없이 실망할 것이다. 스콧 펙 《끝나지 않은 길》

인간과 천지 만물

인간의 입장에서 물(物)을 보면 인간이 귀하고 물이 천하지만, 물의 입장에서 인간을 보면 물이 귀하고 인간이 천하다. 그러나 하늘의 입장에서 보면 인간과 물은 균등하다.

홍대용洪大容

천하 만물은 모두 그 나름의 존재 이유가 있고, 온갖 생명은 나름대로 소중하다. 숲과 나무가 없는 삶은 삭막하며, 비가 내리지 않는 곳이나 물이 없는 곳에서는 생명을 유지하기 어렵다. 새가 찾아오지 않고 노루와 사슴이 뛰놀지 않는 산, 풀과 곡식이 자라지 않은 들판, 냇물이 말라버린 하천에 어찌 인간 혼자 살아갈 수 있겠는가. 그렇게 보면 귀하지 않은 게 없고, 쓸데없이 존재하는 것도 없다. 그래서 마하트마 간디는 "전 지구가 내 쉬는 집이고, 하늘이 그 지붕이다."라고 하였다. 마하트마 간디의 사상을 이어받은 인도의 평화 순례자 사티쉬 쿠마르도 "씨앗은 땅을 섬기고 땅을 씨앗을 섬긴다. 나무는 땅에 그 잎을 떨구고 땅은 나무에 자양분을 준다. 이렇게 영혼은 서로를 섬기면서 자아를 실현한다."라고 하였다. 천지의 만물은 서로 어울리며 의지하며 살아간다.

그러니 인간 중심주의 시각을 버리고 세상을 바라보면 귀천이 따로 있을 수 없다. 홍대용의 말대로 공평무사한 하늘의 입장에서 보면 인간이나 만물이나 다 똑같이 소중한 존재들이 아닌가.

지초와 난초

지초와 난초가 깊은 숲에 살지만
사람이 없다고 해서 그 향기를 풍기지 않는 것은 아니고,
군자가 도를 닦고 덕을 세우는 데 있어
곤궁하다고 해서 절개를 바꾸지 않는다.

《공자가어孔子家語》

무위당 장일순 선생도 이 《공자가어》의 말을 줄여 '유란불이무인식기향(幽蘭不以無人息其香, 깊은 골짜기에 있는 난초는 사람이 없다고 해서 그 향기를 멈추지 않는다)'이란 서예 작품을 남겼다.

남이 알아주건 말건 자기의 길을 올바르게 나아가며 남에게 저절로 향기를 전해 주는 사람은 정말 성숙한 사람이라고 할 것이다. 남이 보지 않는다고 해서 아무렇게나 처신하고, 상황이 어렵다고 해서 도를 포기한다면 어찌 그를 성숙한 사람이라고 할 수 있을까.

그래서 《대학》에서는 '군자필신기독야(君子必愼其獨也, 군자는 반드시 홀

로 있을 때 조심한다)'라고 하였고, 공자께서는 날이 추워진 뒤에야 소나무의 늘 푸른 절개를 알 수 있다고 하였다.

과잉 홍보 시대에 이웃에 은근한 향기를 풍기는 사람이 그립다.

나라의 근심

공자께서 말씀하셨다.

"나라를 소유하고 집을 소유한 자는 적음을 근심하지 않고, 고르지 못함을 근심하며, 가난함을 근심하지 않고 편안하지 못함을 근심하는 법이다. 고르게 분배되면 가난함이 없고, 조화롭게 하면 적음이 없고, 편안하면 기울어짐이 없는 것이다. 이와 같음으로 먼 지방 사람이 복종하지 않으면 학문과 덕을 닦아서 그들을 오게 하고, 이미 오게 했으면 편안하게 하는 것이다."

《논어論語》〈계씨季氏〉

우리나라의 1인당 국민 소득이 3만여 달러가 되었지만, 국민은 행복하다고 느끼지 못하고 오히려 더 불안해하고 있다. 이제 국민 총생산이 부족하거나 생존이 불가능한 상황은 아니다. 그러나 신자유주의가 들어오고 돈이 돈을 버는 금융 자본주의 시스템이 작동하면서 양극화는 심화되고, 안정된 일자리는 줄어들어 비정규직과 일용직, 청년 실업은 늘어나고 있다.

노벨 경제학상을 수상한 바 있는 컬럼비아 대학의 조지프 스티 글리츠 교수는 《불평등의 대가》에서 "오늘날 금융자본주의 사회는 1퍼센트에 속하는 사람들이 막대한 부를 움켜쥔 채 승승장구하는 대신에, 나머지 99퍼센트 사람들은 점점 더 가난해지고 불안과 걱정만 하고 있다."라고 진단한다. 그래서 공정성과 정의의 훼손, 민주주의의 약화, 불안정성의 심화라는 값비싼 대가를 치르고 있다는 것이다.

이제 '발전과 성장의 경제학'만 따를 것이 아니라, 공자와 스티글리츠가 말한 대로 '분배와 복지, 대동과 평등의 경제학'을 실천할 때가 되었다.

시골집에 자면서

천 갈래 산길에는 눈이 덮였고
한 물가 마을에는 밥 짓는 연기
나그네 찾아들어 투숙하려니
지는 해는 어느덧 황혼이구나.

이달(李達), 〈숙안주촌사(宿安州村舍)〉

눈 내리는 산길을 걷다 보니
어느덧 해가 저물어 간다.
시냇가 마을의 초가집 굴뚝에는 저녁밥 짓는 연기가 피어오르니
하룻밤 쉬어 가지 않을 수 없다.

삶의 무게에 지쳐 힘들어할 때
이웃이 있어 따뜻한 손길로 잡아 일으켜 준다면
우리는 그렇게 힘들지 않을 것이고

머리가 무거울 때

대자연의 품에 안기어 산길을 걷고 맑은 공기를 마실 수 있는

정신적 여유를 가질 수 있다면

우리에게는 아직 희망이 있을 것이다.

맑은 바람과 밝은 달

오직 강물 위의 맑은 바람과 산중의 밝은 달만은 귀로 그 바람 소리를 들어 즐기고 눈으로 보아 그 아름다움을 즐기더라도, 누구도 말릴 사람이 없고 아무리 써도 다 쓸 수가 없다. 이것이야말로 조물주의 다함 없는 창고라 할 것이다.

소동파(蘇東坡), 〈적벽부(赤壁賦)〉

자연은 즐길 줄 아는 사람에게는 무진장(無盡藏)의 보물 창고.

창문을 열면 시냇물 위로 꽃잎이 떠내려가는 것을 볼 수 있지 않은가.

꽃이 피었습니다.

온통 밝습니다.

저 밝으니 나도 밝습니다.

공부하는 이에게 펼쳐진 대지가 곧 경전이고,

온 세상이 큰 도량입니다.

물은 흐르면서 맑아집니다.

아래로 흐르며 곤두박질치고 휘돌고 쏟아지는 것이

다 그 일입니다. 《이철수판화집》

지도자의 무한 책임

선비는 그 뜻이 넓고 의연하지 않으면 안 된다.

맡은 임무가 막중하고 가야 할 길이 멀기 때문이다.

민중을 사랑하는 것을 자기의 임무로 생각하니

그 책임이 막중하지 아니한가.

죽은 다음에야 그만두는 것이니

가야 할 길이 멀지 아니한가.

《논어論語》〈태백泰伯〉

박지원이 '선비는 하늘이 준 벼슬[士乃天爵]'이라고 했듯이 선비와 지도자는 민중과 역사에 대해 무한 책임을 지는 것이다.

이 글은 '임중도원(任重道遠)'의 출처이기도 하다.

중국 송나라의 문인 정치가 범중엄(范仲淹)은 "선비는 마땅히 천하의 근심을 먼저 근심하고 천하의 즐거움은 나중에 즐거워한다." 했고, 영국과 아르헨티나 사이에 포클랜드 전쟁이 일어났을 때 영국

왕실은 앤드루 왕자를 제일 먼저 전쟁터로 내보냈다.

그런데 동방 어느 나라의 지도자는 세월호 침몰로 304명이 희생되는 엄청난 참사가 일어났어도 "아몰랑" 하고, 최측근 비서실장은 "청와대는 재난의 컨트롤 타워가 아니다."라고 뇌까렸다.

그래서 '이게 나라냐'라는 탄식이 저절로 나왔다.

그런데 오늘날의 선비라 할 언론인, 종교인, 지식인은 과연 그 임무를 다하고 있는가.

생명의 네트워크

원수(原水)가 맑으면 맑은 물이 흐르고, 원수가 흐리면 흐린 물이 흐른다.

《순자荀子》

우리 시대는 꿈이 없는 시대, 재미가 없는 시대, 상상력이 없는 시대로 떨어지고 말았다. 그래도 아직 우리가 희망을 포기할 수 없는 것은 어딘가에서 맑은 물이 끊임없이 공급되고, 강원도의 산불 현장으로 달려와 목숨을 걸고 진화 작업을 한 소방관들처럼 사회 곳곳에서 묵묵히 자기 직분에 충실한 '작은 의인들'이 있기 때문일 것이다.

함부로 오염시켜도 아직은 강이 아주 죽지 않고 살아날 가망이 있는 건 작지만 어디선가 졸졸 흘러드는 맑은 물이 아슬아슬하게 강의 임계점을 지켜주고 있기 때문은 아닐까. 어느 나라 어느 사회나 어디엔가 높은 정신이 살아 있어야 그 사회가 살아 있는 것과 다름없는 이치라고 생각한다. 박완서, 《세상에 예쁜 것》

진리의 세계에서는 개인이란 존재하지 않는다. 이 세상에 홀로 존재하는 것은 없기 때문이다. 우리가 사는 사회는 나와 너 그리고 우리가 이렇게 어울리고 서로 도우며 살아간다.

가만히 생각하면 '나'라는 존재는 홀로 존재할 수 없으며, '나'는 고유한 것이 하나도 없다. 나의 생명은 부모로부터 온 것이고, 나의 지식은 선생님의 가르침과 책에서 온 것이고, 내가 먹는 밥에는 농부의 땀방울이 배어 있고, 나의 직업은 사회가 준 것이다. 그러므로 나는 나 이외의 것들의 조합으로 이루어져 있다.

4.3의 비극과 4.16 참사의 고통에 동참하고, 엄청난 강원도 산불 재해와 사회적 고통을 외면하지 않을 때 우리는 성숙해지고 온전한 '나'가 될 것이다.

생명의 네트워크, 사회적 유대가 없으면 잠시도 살아갈 수가 없다.

좋은 정치 나쁜 정치

임금의 삼덕 가운데 첫째가 정직이고, 둘째가 강함으로 다스리는 것이고, 셋째가 부드러움으로 다스리는 것이다.

평화롭고 편안한 사람은 바르고 곧게 다스리고, 고집이 굳세어 따르지 않은 사람은 강하게 다스리고, 서로 어울릴 줄 아는 사람은 부드러움으로 다스린다.

《서경書經》〈홍범洪範〉

좋은 정치란 어떤 정치이고 나쁜 정치는 어떤 정치일까. 처한 상황과 인식, 관심에 따라 여러 가지 견해가 있을 수 있다. 코로나 팬데믹으로 세계가 홍역을 앓고 있는 지금 이 질문을 한다면 대부분의 세계 시민은 사람을 살리는 정치가 좋은 정치이고, 사람을 죽이거나 죽게 내버려 두는 것이 나쁜 정치라고 할 것이다.

동양의 대표적 정치 철학서 《논어論語》에서 공자는 국가의 행정력과 공권력으로 백성을 다스리는 것보다 덕치(德治)와 예치(禮治)로 나

라를 경영하는 것이 바람직하다고 하였다. 지도자가 바르게 솔선수
범함으로써 백성이 저절로 따르고, 합리적인 이치와 예법으로 통치
함으로써 백성이 수긍하게 하는 것이 좋다는 것이다. 반면에 사람을
죽이는 전쟁을 좋아하고, 사형과 같은 엄혹한 형벌을 수시로 집행하
여 백성을 공포와 불안에 떨게 만들어 마지못해 따르게 하는 것을
최악의 정치로 여긴다.

　이런 동양의 정치 철학에 따라 요즘 코로나19에 대처하는 세계
지도자들을 살펴보면 미국 트럼프 대통령과 일본 아베 총리는 최악
의 나쁜 정치인이고, 독일 메르켈 총리와 우리나라 문재인 대통령은
좋은 지도자라 할 만하다. 트럼프는 코로나가 처음 중국에서 발생했
을 때 강 건너 불구경하듯이 방관하고 조롱하다가 급기야 5만여 명
의 미국인이 사망하는 비극적 상황을 맞이했다. 국민의 안전보다 정
권 홍보를 위한 올림픽 개최에 목을 맨 아베는 코로나 의심자에 대
한 정상적인 조사와 진단을 실시하지 않고 사태를 숨기다가 걷잡을
수 없는 수렁으로 빠져들고 있다. 트럼프의 교만과 변덕, 아베의 과
욕과 기만이 불러온 대참사이다. 그런데도 두 뻔뻔한 정치인은 후안
무치하게 책임을 떠넘기고 변명하기에 바쁜 나쁜 정치를 계속하고
있다. 맹자의 논리대로라면 역성혁명으로 권좌에서 끌어내려야 할
자들이다.

　이에 비해 메르켈 총리와 문재인 대통령은 과학자와 인권 변호사
출신답게 코로나 감염 상황을 투명하게 알려 국민의 자발적 위생 관

리와 사회적 거리 두기 동참을 끌어내 사회적 봉쇄 조치와 국경 폐쇄 없이 개방적 민주주의의 근간을 유지하면서 방역에 성공하고 있다. 국민 생명이 위협받고 있는 상황의 엄중함을 심각하게 인식하고 국가 의료 시스템과 사회의 인적, 물적 자원을 효율적으로 기민하게 총동원하여 피해를 최소화한 두 지도자가 요즘 세계의 주목을 받는 것은 너무나 당연한 것이다. 이와 같이 좋은 지도자는 사람의 생명을 존중하고, 나쁜 지도자는 백성을 초개같이 여긴다.

정치 언어의 타락

이름이 바르지 못하면 말이 순통(順通)되지 못하고, 말이 순통되지 못하면 일이 이루어지지 못하고, 일이 이루어지지 못하면 예악이 진흥되지 않는다.

《논어論語》〈자로子路〉

정치는 잘못된 것을 바로잡는 것이 우선이다. 임금이 임금답지 않게 간신배에 둘러싸여 사슴을 말이라고 해도 분간을 못 하고, 신하들이 권력과 돈에 취해 국가를 흔들고 있을 때, 그런 무도하고 비정상적인 정치 상황을 타개하는 것이 그 나라의 가장 중요한 과제가될 것이다.

공자의 제자 자로(子路)가 국정 수행에 있어 최우선으로 해야 할 과제가 무엇이냐고 묻자 공자는 역시 '이름을 바로잡는 것[正名]'이라고 말한다. 이름이 바르지 않으면 개념의 혼동이 일어나 의사소통이 제대로 이루어지지 않고, 의사소통이 잘 안 되면 일이 어그러지게 된다.

그래서 파울로 프레이리는 세상을 바로잡는 일은 잘못된 이름을 바로잡는 데서부터 시작해야 한다고 했다. 민주 정권이 들어서기 전까지 1980년 5월의 광주 민중 항쟁을 '광주 사태'라고 잘못 불렀고, 아직도 5.16 쿠데타 세력과 12.12 반란의 잔존 세력은 국가에서 공식적으로 '광주 민주화 운동'이라고 인정했음에도, 틈만 나면 이를 부정하려는 언행을 일삼아 광주 시민과 민주 영령께 상처를 주고 있다.

최근에는 제1야당의 원내 총무와 국회의원들이 막말에 가까운 폭언을 일삼고, 침소봉대와 근거 없는 거짓말을 밥 먹듯이 쏟아내고 있다. 미세먼지 못지않게 모국어를 타락시켜 우리의 정신 세계를 오염시키고 있다. 예전에는 국회의원들이 자기의 정치적 입장을 기자들에게 이야기할 때 '웃으면서 대답하지 않거나(笑而不答, 이백의 〈山中答俗人〉)', '토사구팽(兎死狗烹, 한신 이야기)' 같은 고사를 사용하거나 동서양의 역사를 인용해 심각한 정쟁 속에서도 간간이 행간의 여유와 웃음을 던져 주곤 했다.

요즘 막말과 떼쓰기로 국회를 파행으로 몰고 가는 자들을 보면서, 새삼 진보와 정의의 외로운 길을 가면서도 유머와 미소를 잃지 않았고 바쁜 와중에도 늘 책을 가까이하고 음악을 즐기던 노회찬 의원이 그리워진다.

인간과 만물은
차별을 반대한다

천지의 만물은 우리와 더불어 같이 태어난 종류인데, 종류에는 귀천이 있을 수 없고, 다만 지적 능력의 크고 작은 차이로 서로 구별될 뿐이다. 서로 교대로 먹여 살리는 것이니, 서로 의지하지 않고는 살아갈 수가 없다.

《열자列子》

얼마 전 모 정당 대표가 부산에서 있었던 중소기업 대표와의 간담회에서 "외국인이 우리나라에 기여해 온 바가 없기 때문에 똑같은 임금 수준을 유지한다는 건 공정하지 않다."라고 말했다. 이 발언은 이주 노동자에 대한 차별을 노골적으로 조장하고 선동한 반인류적, 인종 차별적 국수주의자의 망발이라고 아니할 수 없다.

우리나라에 온 이주 노동자는 이미 많은 차별을 받고 있다. 최저 임금을 받으며 일할 내국인을 구하기 어려운 더럽고 힘들고 위험한 작업장에서 젊음을 바쳐 건강을 해치며 일해도, 외국인은 생산성이 떨어지니 최저 임금도 못 주겠다는 협박을 수시로 듣고 있었다. 이들은 체류 자격을 볼모로 이동의 자유를 박탈당하고, 퇴직금은 떼이기 일쑤였다. 컨테이너나 비닐하우스를 기숙사랍시고 숙식비를 공제당하고, 농축산어업 분야에서는 초과 근로 수당을 아예 받지도 못하고 있는 형편이었다.

이렇게 열악한 외국인 노동자의 근로 조건 속에서 터져 나온 황교안의 인종 차별적 망발을 접한 파독 광부와 간호사 출신을 비롯한 유럽 교포들은 "황교안 대표의 외국인 노동자에 대한 차별과 혐오적 발언을 결코 간과할 수 없다. 황교안 대표가 추진하려는 외국인 노동자 임금 차별 입법안은 국제 노동법의 규정을 어기는 행위이며 반인권적, 반역사적, 시대착오적인 발상"이라고 규탄했다.

인간과 만물도 서로 의지하며 사는 게 세상의 도리요 이치인데, 21세기 한반도의 어느 몰지각한 야당 정치가는 인간과 생명에 대한 최소한의 존중이나 예의도 없이, 아직도 사람을 돈벌이 수단으로만 생각하고, 자유, 평등, 박애라는 근대적 가치 이전의 미몽 속에서 헤매고 있는 것 같다.

차별과 배제를 멈추는 법

우리 집 노인을 섬기듯이 남의 집 노인을 섬기며
우리 집 아이를 보살피듯 다른 집 아이를 보살펴라.
은혜를 펼쳐 나가면 천하의 백성을 보호할 수 있지만
은혜를 펼치지 않으면 처자마저도 보존할 수 없다.

《맹자孟子》〈양혜왕장구상梁惠王章句上〉

코로나19 바이러스 퇴치를 위해 의료인과 공무원들이 밤낮없이 사력을 다하고 있는 요즘, 아직도 특정 정당의 정치인들은 중국인 입국 금지 조치를 하지 않아 이런 사태가 발생했다며 보건복지부 장관을 사퇴시키라고 주장하고, 광화문 태극기 부대 성향의 극우파들은 청와대 게시판에 대통령 탄핵을 요구하는 청원을 올리고 있다. 코로나 바이러스의 확산이 국내에 들어온 중국인 때문이 아니라 우한 지역을 다녀온 신천지 교도들에 의한 것이라는 사실이 통계로 확인되고 있는데도, 이들은 중국과 중국인에 대한 배제와 혐오 발언을 계속하고 있다.

그런데 아이러니하게도 우리나라의 코로나 바이러스에 대한 신속한 조사와 진단 덕분에 확진자가 급증하고, 이에 대한 국내 언론의 '신속하고 과장된 보도' 탓에 이 소식이 전 세계에 광속도로 퍼져 나가면서 한국인에 대한 입국 금지, 격리와 기피 현상이 벌어지고 있다. 중국의 지방 정부는 한국 입국자를 호텔에 격리 수용시키는가 하면, 영국에서는 동양인이 "왜 마스크를 쓰고 다니지 않느냐"라는 인종 차별의 혐오주의 발언을 들었다는 소식도 있다.

중국인 입국 금지를 주장하는 일부 몰지각한 정상배들과 '기레기'들은 우리 국민도 그들 주장처럼 입국 금지와 배제 조치를 당하게 되었으니 이제 속이 시원해졌을까.

천주교 제주교구장인 강우일 주교께서는 이런 사태를 우려하여 "혐오는 차별을 가져오고, 차별은 폭력으로 발전한다."라고 하시면서 1923년 9월에 일어난 일본 간토대지진 당시 '조선인이 우물에 독을 풀었다'라는 가짜 뉴스를 퍼트려 6천 명이 넘는 조선인과 이방인이 무차별 학살당한 사건을 상기시켰다.

우리가 돌을 던지면 상대방은 맞고만 있을까. 모든 것이 국제적 네트워크로 얽혀 서로 의존하게 되어 있는 21세기 글로벌 환경 속에서 편협한 자기중심주의나 국가주의로는 살아갈 수 없다. 서로가 서로를 미워하며 '왕따'시키고, 외국인과 사회적 약자를 차별하고 배제해서 결국 아무도 살 수 없게 될 것이다. 이웃과의 상생과 국제 협력의 길밖에는 대안이 없다.

그래서 맹자(孟子)는 "은혜를 펼쳐 나가면 천하의 백성을 보호할 수 있지만 은혜를 펼치지 않으면 처자마저도 보존할 수 없다."라고 했고, 묵자(墨子)도 "다른 나라를 자기 나라 보듯이 하고, 다른 집을 보기를 자기 집 보듯이 하고, 다른 사람 보기를 자기 보듯이 해야 한다."라고 했다.

어려움을 함께
나누려는 마음

창생의 어려움이여, 창생의 어려움이여

흉년에 너희들은 먹을 것이 없구나.

나는 너희들을 구제할 마음은 있지만, 너희들을 구제할 힘이 없구나.

창생의 괴로움이여, 창생의 괴로움이여

겨울 추위에 너희는 덮을 이불이 없구나,

저들은 너희를 구제할 힘은 있지만, 너희들을 구제할 마음이 없구나.

어무적魚無迹, 〈유민탄流民嘆〉

시를 보는 감식안이 높았던 허균으로부터 조선 전기 최대 걸작 중 하나로 뽑힌 유민(流民) 시인 어무적의 고시. 여기서 '너희'는 가난한 백성을, '저들(彼)'은 벼슬아치를 가리키고, '나'는 시인 자신을 가리킨다. 백성을 보살펴야 할 관리들은 굶주리고 추위에 떠는 백성을 돌보지 않고, 시인은 마음만 있을 뿐 구제할 능력이 없다. 무력한 시인과 무심한 관리를 대조시켜 당시 유민의 참상을 선명하게 드러낸다.

착한 시인은 능력이 없고, 힘 있는 위정자는 어려운 백성을 구제할 절실한 마음이 없는 게 예나 지금이나 똑같다.

기러기떼

기러기떼 날아가네 푸덕푸덕 날개 치네
멀리 정역(征役) 나간 우리 님이 야외에서 고생하네
어린 백성 생각하고 홀로 된 이 동정하세

《시경詩經》〈홍안鴻雁〉

들판에서 노동하는 사람들과
홀로 살아가는 사람을 연민의 시선으로 바라보고 있는 중국 고대
의 시이다.
나희덕 시인도 새 떼가 날아가는 모습에서 서로 배려하는 온기를
느낀 것 같다.

철새들이 줄을 맞추어 날아가는 것
길을 잃지 않으려 해서가 아닙니다
이미 한 몸이어서입니다

티끌 속에 섞여 한 계절 펄럭이다 보면

그렇게 되지 않겠습니까

앞서거니 뒤서거니 하다가

어느새 어깨를 나란히 하고 걷고 있는

저 두 사람

그 말없음의 거리가 그러하지 않겠습니까

새떼가 날아간 하늘 끝

또는 두 사람이 지나간 자리, 그 온기에 젖어

나는 오늘도 두리번거리다 돌아갑니다

몸마다 새겨진 어떤 거리와 속도

새들은 지우지 못할 것입니다 나희덕 〈새떼가 날아간 하늘 끝〉

빈센트 반 고흐도 동생 테오에게 보낸 편지에서 이렇게 말한다.

네가 산책을 자주 하고 자연을 사랑했으면 좋겠다. 그것이 예술을 진정
으로 이해할 수 있는 길이다. 화가는 자연을 이해하고 사랑하며, 평범한
사람들이 자연을 더 잘 볼 수 있도록 가르쳐주는 사람이다. 빈센트 반고흐 〈반고
흐, 영혼의 편지〉

고흐는 들판에서 하루의 일을 마치고 기도하는 농부의 모습을 그린 밀레의 〈만종〉을 보고, "정말 장엄하고 한 편의 시와 같다."라고 한 적이 있다. 자연과 인간을 향한 시인과 화가의 시선은 다르지 않은 것 같다.

도가 원숙해지면

도가 원숙해지면 부드러워지고
덕이 충실하면 겸손해진다.

《감산자전憨山自傳》

2020년 새해를 몇 시간 앞둔 지난달 31일 저녁 바티칸 성 베드로 광장에서 의외의 일이 발생했다. 평소에 미사 중 연단을 뛰어다니는 아이를 안아 줄 정도로 인자하던 프란치스코 교황이 악수하던 손을 거칠게 잡아당긴 한 여성에게 불같이 화를 낸 일이 벌어진 것이다. 새해 전야 행사에서 교황은 광장에 운집한 신도와 관광객들을 축복했고, 온화한 미소를 띤 채 어린아이의 손을 잡아 주고 볼에 입을 맞추고 있는 도중에 발생한 해프닝이었다. 교황이 군중에게 인사를 마치고 돌아서려던 순간 자주색 패딩을 입은 여성이 교황의 오른손을 낚아채 세게 끌어당겼다. 힘이 얼마나 셌던지 교황은 휘청이며 몸을 돌리고 통증이 심한 듯 얼굴이 잔뜩 찌푸렸다. 그래도 여성이 손을 놓지 않자 교황은 왼손으로 여성의 손을 두 차례 때리고 뿌리치면서 화를 낸 것이다.

물론 교황은 이튿날 바로 반성하고 사과했다. "우리는 자주 인내심을 잃으며 그건 내게도 일어난다. 어제의 잘못된 사례에 관련해 사과한다."라고. 그리고 새해 첫 미사에서는 "여성을 향한 모든 폭력은 여성에게서 태어난 신에 대한 모독"이라고 강조하며 자신의 잘못을 거듭 반성했다. 거동이 완전하지 않고 뼈와 근육이 약해진 노인을 갑자기 끌어당긴 무례한 그 여성이 먼저 사과해야 할 터인데, 역시 교황님답게 너그러우신 마음으로 먼저 사과했다.

높은 자리에 있는 사람이 이렇게 솔직하게 반성하고 사과하는 모습을 한국 사회에서는 참으로 보기가 드물다. 304명의 무고한 분들이 어이없이 수장되어도 아무도 책임지는 사람이 없고, 사회 정의를 위해 써야 할 권력을 자기 이익이나 조직 보호를 위해 무소불위로 휘두르고, 자기의 잘못을 아랫사람과 주위에 떠넘기는 것이 우리의 민낯이 아닐까. 그래서 일차적 책임이 자기에게 있지 않음에도 먼저 사과하고 용서를 구하는 교황의 이러한 겸허한 행동이 오히려 조그만 감동을 준다.

이 장면을 보며 벼가 익으면 고개를 숙이고, 원숙한 사람은 남을 부드럽게 감싼다는 선사의 말이 생각났다.

3부

세계 문학과 책 읽기

《전쟁과 평화》를 읽으며

수년째 여름과 겨울 방학을 파리에서 손녀와 지내면서 빅토르 위고의 문학박물관이 있는 보주 광장을 수시로 찾았고, 위고의 무덤이 있는 판테온은 세 차례나 방문했다. 그런데 정작 프랑스의 영웅 나폴레옹이 안치된 앵발리드는 이번 겨울에 처음 갔다.

얼마 전에 1830년대 프랑스 혁명기를 다룬 빅토르 위고의《레 미제라블》을 읽고 난 뒤, 톨스토이가 나폴레옹이 러시아를 침공한 시기인 1805년부터 1820년까지를 다룬《전쟁과 평화》도 읽고 싶어, 오늘 새벽부터 이 장편 소설을 펴들었다.

1993년판 학원세계문학전집도 서재에 있지만, 이 판본의 글씨가 작고 한 면을 좌우로 나눈 조판이라 읽는 데 힘이 들었다. 이에 박종소와 최종술, 두 러시아 문학 전공 교수가 작년 12월에 번역 출간해 아직 따끈따끈한 을유문학전집을 교보에서 새로 구입했다.

먼저 번역을 한 최종술 교수가 쓴 해설 '역사란 무엇이며 어떻게 살 것인가'를 읽었다.

전쟁과 평화는 삶에 대한 두 대척적인 시각이다.

만약 삶이 이기적인 요구, 자신만의 염려, 분열, 적의, 질시, 탐욕이라면 그것은 전쟁이다. 만약 삶이 자신과의 조화, 사회적 평등을 통한 사람들과의 조화, 형제애와 가족애를 통한 결집에 대한 지향이라면 그것은 평화다. 《전쟁과 평화》 하권, 을유세계문학전집 100, 2019, 832면

이제 역사적 사건과 사회 세태, 인간의 운명에 대한 방대한 묘사와 톨스토이의 풍부한 철학적 사색이 어우러진 세계 문학의 기념비 속으로 들어간다.

권력형 인간과 민중

이번 코로나19를 막기 위한 '물리적 거리 두기'로 생긴 절대적 시간 동안 톨스토이의 장편 소설 《전쟁과 평화》를 통독했다. 톨스토이는 프랑스의 전쟁 영웅 나폴레옹이 러시아를 침공했다가 러시아 민중의 저항과 모스크바 소개 작전에 걸려 패퇴한 1805년부터 1820년의 역사를 대서사시로 그려내면서 1812년 전쟁의 역사적 의미를 탐색하고 있다.

톨스토이는 역사의 근본 동인과 개인의 역할에 대한 질문을 던진다. 역사를 움직인다고 자부하는 나폴레옹 같은 위인은 사실 허영이 많은 범인으로 역사의 흐름 속에서 자기 역할을 하는 존재에 불과하며, 역사는 오히려 말 없는 민중을 비롯한 모든 사람이 함께 창조한다는 것을 말한다.

나폴레옹 같은 권력형 인간은 역사의 꼭두각시 역할을 하는 가장 부자연스러운 인간으로 본다. 반면에 온유함과 소박함을 지니고 자연과 함께 살아가며 끈질긴 생명력을 지닌 러시아 민중(플라톤 카라타예프, 티혼)을 긍정적으로 묘사한다. 그 외에도 러시아 정신을 구현하고 있는 쿠투조프, 민중적 삶을 자각한 나타샤 로스토바 같은 매력적인 인물도 등장한다.

톨스토이는 전쟁의 와중에 사랑과 평화의 소중함을 자각한 나타샤를 통해 '전쟁이 없고 계급의 차이와 반목도 없이, 다 함께 하나의 형제가 되는 평화로운 공동체'를 소망하는 그의 이상을 드러낸다.

1863년부터 1869년까지 약 6년에 걸쳐 쓴 이 《전쟁과 평화》는 러시아 역사의 분수령인 1825년 데카브리스트 혁명을 겪은 톨스토이가 역사란 무엇이고 인간이란 어떤 존재이냐는 큰 물음을 던지고, 소설의 등장인물을 통해 그 답을 제시한 역사 철학서라고 할 수 있을 것이다.

"가장 어려우면서도 중요한 일은 인생이 고통스러운 순간에도 삶을 사랑하는 것이다."

《전쟁과 평화》의 대서사시

우리가 알고 있듯이 톨스토이의 《전쟁과 평화》는 나폴레옹이 이끄는 프랑스 60만 대군의 러시아 침공과 이에 맞선 쿠투조프 총사령관의 러시아 정규군, 흩어졌다가 다시 공격하는 전술을 구사하는 러시아 민병대 파르티잔 간의 전쟁을 축으로 대서사를 전개한다. 그러면서 안드레이의 볼콘스키가, 나타샤의 로스토프가, 피에르의 배주호프가 등을 비롯한 러시아 상류 사회의 풍속과 세태, 러시아 민중 생활에 대한 이야기가 파노라마처럼 엮어진다.

톨스토이는 전쟁에 참가한 사람들이 저마다 자신이 하는 일을 알고 있는 것 같지만, 사실은 모두가 역사의 무의식적 도구에 불과하고 자신의 운명에 따라 움직인다고 본다.

1811년 나폴레옹이 러시아 국경을 넘으면서 시작된 이 전쟁은 인간의 이성과 본성에 반대되는 사건으로, 수백만 명의 사람들이 살인, 악행, 배신, 속임수, 방화, 강절도를 저지르는 결과를 가져왔다. 《전쟁과 평화》 상권, 387면. 이하 면수만 표기

톨스토이가 역사 현상을 보는 시각은 필연보다는 우연, 개인의

천재성보다는 집단의 움직임을 더 주목하는 관점을 취하고, 등장인물의 개성 묘사와 함께 시대의 흐름에 따른 성격 변화를 추적한다.

로스토프 백작의 딸 나타샤는 상류 사회의 귀공자들과 사귀다가 헤어지고 현실의 시련을 겪으면서 러시아 민중의 애환에 공감하는 인물로 바뀌어, 나폴레옹 군대의 모스크바 입성이 임박하자 수레에서 가재도구를 내리고 부상당한 러시아 병사들을 태우는 따뜻한 인간애를 보여 준다. 볼콘스키 공작의 아들 안드레이는 러시아군 총사령관 부관으로 전쟁을 치르다가 부상을 당했으면서 인간과 자신의 잘못에 대해 애정 어린 눈물을 터뜨리는 인물중 803면로 바뀌고, 배주호프 백작의 철부지 귀공자 피에르도 처음에는 자유분방한 생활을 하다가 기독교 신앙을 접하고 직접 포탄이 떨어지는 전쟁터에 나가 본 뒤 성숙한 인간이 된다.

《전쟁과 평화》는 대하 장편 소설이라 이 외에도 수많은 사람이 등장하지만 '민중의 감정'을 체득한 총사령관인 쿠투조프의 형상도 흥미롭다.하 530면

나폴레옹의 프랑스군이 러시아 수도 모스크바를 점령하러 들어올 때, "우리에게 필요한 것은 인내심과 시간이다."라고 말한 쿠투조프는 전력이 우세한 프랑스군에 맞서 싸우는 정공법보다 일보 전진을 위한 이보 후퇴 전략을 사용하고, 러시아 민중의 자발적 협조-파르티잔 전투 참여, 프랑스 군대가 쓸 수 있는 양식과 말먹이 건초를 불태우는 것 같은-를 이끌어내 막강했던 나폴레옹 군대에 참패

를 안겨 주고 러시아의 승리를 쟁취한다.

한편 온 세계로부터 위대하다고 칭송받는 나폴레옹에 대한 톨스토이의 평가는 준엄하다. 나폴레옹은 자기의 천재적인 지성과 전투 능력으로 유럽 지도를 바꾸고 모스크바도 말발굽으로 짓밟아 자기 통치 아래 두려고 했다. 그러나 자기 능력과 군사력에 대한 과신에서 비롯된 러시아 침공은 무모한 겨울 행군, 도시들의 방화, 병사들의 식량과 말먹이 건초의 부족, 러시아 민중의 증오와 반발중544면 등으로 비참한 패퇴를 맛보고, 결국 나폴레옹은 1814년 엘바섬으로 귀양 가는 신세가 된다. 나폴레옹은 전쟁을 마치 체스 놀이로 여기지만 나중에는 자기가 쓰고 버려지는 역사의 꼭두각시가 된 것이다.

톨스토이는 세계 문학사에 빛나는 대하 역사 장편 소설《전쟁과 평화》를 통해 전쟁의 참상과 이것을 일으킨 전쟁 영웅의 교만과 무모함을 고발하면서, 숭고와 우스꽝스러움의 차이는 한걸음에 지나지 않는다고 말한다.하 497면 소박함과 선과 진실이 없는 곳에는 위대함이 있을 수 없다는 것이다.

끝으로 오는 4월 15일 국회의원 총선을 앞두고, 역사는 한 사람의 천재나 위대한 지도자가 만드는 것이 아니라 모든 민중이 참여해서 함께 만드는 것이라는 교훈을 주는《전쟁과 평화》의 문장을 인용하는 것으로 두서없이 쓴 독후감을 마무리한다.

러시아 민중은 태평하게 적(나폴레옹의 프랑스군)을 기다렸고 폭동을 일으키지 않았으며 동요하지 않았다.

한 사람도 흩어지지 않았고, 가장 어려운 순간 무엇을 해야 할지 깨달을 힘이 있다고 느끼면서, 침착하게 자기 운명을 기다렸다. 하33-34면

《레 미제라블》의 미리엘 주교

빅토르 위고가 《레 미제라블》에서 그린 미리엘 주교는 선한 인간의 전형이다. 미리엘 주교는 가난한 장발장이 주교관의 은그릇을 훔쳐 달아난 것을 알린 하녀에게 "그것은 원래 가난한 사람의 것인데 내 잘못으로 오랫동안 그 은그릇을 우리가 갖고 있었소."라고 말하고, 장발장이 헌병들에게 체포되어 주교관으로 왔을 때 "다시 만나게 되어 잘됐소. 나는 당신에게 촛대도 주었는데 왜 은그릇이랑 함께 가져가지 않으셨소?"빅토르 위고, 《레 미제라블》, 학원세계문학전집 1993년판, 88면. 이하 면수만 표기라고 말한다.

미리엘 주교는 위에 있는 자와 가까이하기보다 아래로 비참한 사람을 가까이해, 아무리 돈이 많이 생겨도 늘 빈털터리였다. 입고 있는 옷까지 벗어 주었다.16면

미리엘 주교가 모습을 나타내는 곳은 언제나 잔치가 벌어지는 것 같았다. 그가 지나가면 그 언저리는 따스한 햇볕에 싸여 빛나는 것 같았다.

병자나 죽어 가는 사람들이 있을 때 사람들은 언제나 미리엘 주

교를 불러올 수 있었다. 의사의 문은 결코 닫혀 있어서는 안 된다. 사제의 문은 열려 있지 않으면 안 된다.22, 23, 28면

도둑이나 범죄자를 결코 두려워해서는 안 된다. 그것은 외부로부터 오는 위험이고 조그만 위험이다.

두려워해야 할 것은 우리의 편견과 악덕이다. 큰 위험은 우리 내부에 있다.30면

그런데 세월호 유가족은 차갑게 외면하면서 박근혜가 부르면 청와대로 쪼르르 달려가고, 친일 언행을 하는 나경원을 가톨릭 정치인이라고 추켜세우고 75세 정년이 되어도 물러나지 않은 노추의 염수정 서울대교구장은 미리엘 주교 보기에 부끄럽지 아니한가?

장발장과 자베르

장발장은 1795년 파브롤 교회 앞 빵 가게에서 빵을 훔치다가 잡혀 항구의 감옥에서 5년 징역형을 받고 복역하다가 몇 차례 탈옥을 시도한 죄까지 더해 19년을 복역하고 출옥한다. 갈 데가 없는 장발장은 자비로운 미리엘 주교를 만나 환대와 자비를 체험한 뒤 몽트뢰이유 지방의 사람들에게 은혜를 베풀고 사업 수완을 발휘하여 신제품을 발명한 공으로 레지옹 도뇌르 훈장을 받고, 급기야 1820년에는 국왕으로부터 시장에 임명된다. 사람들의 존경은 저절로 우러났고, 온화한 인품으로 사람들은 그를 사랑하게 되었다. 《레 미제라블》, 학원세계 문학전집 1993년판, 16면. 이하 면수만 표기

그는 숱한 선행을 했으나 숨어서 했다. 그래서 사람들이 "저 사람은 부자인데도 뻐기지 않는다. 저 사람은 행복한데도 우쭐거리지 않는다."라고 말했다. 135면

장발장을 끈질기게 쫓는 자베르는 강직하고 무자비한 경사로 잔인할 정도로 냉정한 밀정이다. 그는 청빈하고 극기하는 금욕주의자로 늘 숨어서 경계하고 감시하며, 동물적 본능으로 의심 가는 사람

에게 적의를 품고 지성의 충고나 이성의 설득에도 굽히지 않고 주저거나 동요함이 없는 불요불굴의 인간이다.[138, 140면]

그는 형무소 안에서 트럼프점을 치는 여자와 감옥 죄수 사이에서 태어나 자기가 사회 밖에 있다고 생각한다. 자베르는 자기와 비슷한 천한 계급의 사람에게 오히려 증오심을 품고 있다가 경찰이 된 뒤 법의 테두리를 넘은 자에게는 불도그와 호랑이처럼 적대적인 태도를 취한다.[139면]

장발장과 자베르는 쫓고 쫓기는 숨 막히는 게임을 벌여 극적 긴장감을 불러일으킨다. 자베르 경사가 1848년 민중 봉기 때 시민군의 동태를 파악하기 위해 시민군의 바리케이드 너머로 잠입하는 밀정 행위를 하다가 체포되어, 기둥에 묶여 처형을 기다릴 때 장발장은 그를 풀어 준다.[916~917면]

한편 장발장은 양녀 코제트가 사랑하는 마리우스가 바리케이드를 사이에 두고 벌어진 전투에서 크게 다치자 그를 메고 파리의 지하 하수도 길을 따라 도망쳤고, 맨홀 뚜껑을 열고 나갔을 때 기다리고 있던 자베르에게 잡힌다.

그때 냉혹하기만 했던 자베르는 잠깐 집으로 가서 정리할 시간을 달라고 한 장발장의 청을 들어주느라 문밖에서 기다리다가 조용히 사라진다.[970~971면]

이 장면이 소설의 클라이맥스이다. 태어나서 지금까지 단 하나의 직선밖에 몰랐던 자베르가 자기가 쫓던 범죄자인 장발장에게 목숨을 구제받고 그 부채를 인정하고, 그 보답으로 "가라!"라고 한 자에게 이쪽에서도 "자유로이 되어라!" 하고 응답한 것이다.[97면]

범죄자 장발장을 쫓으며 느낀 찬탄의 마음이 자베르의 영혼 가운데 스며들어, 경찰관으로서의 공적 임무를 희생하고 자신의 양심을 배반하지 않은 숭고한 결심을 한 것이다. 그래서 경찰의 모든 규칙을 위반하고 사법 조직을 배반하고 범죄자이지만 마음 깊은 곳에서 존경했던 장발장을 놓아주고, 노트르담 성당 옆 센강에서 투신한다.

그의 익사체는 필자가 파리에 머물 때 늘 산책하던 퐁네프 다리와 퐁오샹즈 다리 사이의 세탁선 밑에서 발견되었다.[984,996면]

코제트와 마리우스의 사랑
그리고 거인 장발장의 죽음

몽트뢰이유에서 여공 노릇을 하다가 생활고로 매춘부가 된 팡띤느의 사생아로 태어났으나 장발장이 구원하여 수도원의 정규 교육을 받고 자란 코제트는 양아버지인 장발장을 따라 파리로 와서 살게 된다. 코제트는 장발장과 함께 파리의 대표적인 공원 뤽상부르 오솔길로 산책을 갔다가 운명적으로 마리우스를 만난다.

마리우스도 할아버지 슬하에서 어렵게 자랐으나 변호사 시험에 합격하고 공화주의적인 사상을 지닌 젊은이로 성장해, 뤽상부르로 바람 쐬러 나갔다가 공원 벤치에 장발장과 나란히 앉아 있는 코제트를 보고 사랑의 감정을 느낀다. 《레 미제라블》 539면. 이하 이하 면수만 표기

마리우스는 불그레한 입술과 큰 눈동자, 매력적인 미소를 지녀 엄숙한 얼굴이면서도 부드러운 느낌을 주는 '미남 청년'이었다. 538면

한편 코제트는 키가 크고 아름다운 여자로 아직 순진하고 귀여우며, 사랑스럽고 매혹적인 모습을 갖추고 있었다. 코제트의 순수함과 정열이 숨어 있는 눈빛은 요염한 여자들의 교묘한 추파보다 훨씬 더 남자의 마음에 깊숙한 향기로 가득 찬 사랑의 꽃이 피게 하는

마력을 지니고 있었다.542면

코제트는 마리우스가 지나가면 귀밑이 빨개지고 심장이 두근거렸고, 마리우스는 코제트를 보기 위해 매일 공원에 나갔다. 그러다가 장발장이 추적을 피해 영국으로 가려고 하자 코제트는 망설인다. 이때 마리우스가 집으로 찾아와 이렇게 말한다.

"당신이 저를 처음 본 날을 기억하십니까? 뤽상부르 공원의 '칼을 든 투사'의 동상 옆에서였지요. 당신은 제 천사입니다. 전 당신을 사랑하고 있습니다."

그들은 쓰러지듯 벤치에 앉았다. 별이 하늘에서 반짝이고 있었다. 두 사람은 입술을 합쳤다. 한 번의 키스 그것이 전부였다. 마리우스의 무릎이 코제트의 무릎과 부딪히면 몸을 떨었다. 그리하여 한 시간 후에는 서로가 서로의 영혼을 소유하게 되었다.707~709면

친딸보다 더 사랑한 코제트가 마리우스와 사랑에 빠졌을 때 장발장은 약간 서운한 느낌도 있었으나, 결국 시민군과 정부군이 싸우던 바리케이드에서 부상당했을 때 생명을 구해 주었던 마리우스와 코제트의 순수한 사랑을 확인하고, 1833년 2월에 프랑스식 전통 결혼식을 올리게 해 준다.1006~1009면

파란만장한 일생을 보내고 비록 수양딸이었지만 친딸처럼 키운 코제트를 멋진 청년 마리우스와 결혼시키고 나자, 집은 텅 빈 것 같고 마음은 어쩐지 쓸쓸해졌다. 장발장은 아이들을 결혼시키고 나자 모든 게 끝났다는 생각이 들었다.

이제 노쇠해 죽음이 임박했음을 깨달은 장발장은 마리우스와 코제트를 비롯한 지인들에게 자기의 지난 행적과 비밀을 고백한다. 그런 뒤 "죽는 것은 아무것도 아니야. 무서운 것은 진정으로 살지 못한 것이야."라는 유언을 남기고, 사랑했던 코제트와 마리우스가 지켜보는 가운데 행복하게 생을 마감한다.[1074~1077면]

파란만장한 삶을 살았던 한 거인은 뻬르 라세즈 묘지에 묻혔다.

안진태,《불멸의 파우스트》

모든 일에 빛과 그늘이 있게 마련이다. 코로나가 인류에게 큰 피해를 주고 있는 것이 사실이지만, 자연 파괴와 에너지 낭비, 인간의 오만에 대한 따끔한 경종을 울린 것도 사실이다.

그동안 우리나라는 정보의 투명한 공개, 봉쇄 조치 없는 자율적 행동, 의료진과 정부의 기민한 대처로 코로나 방역 모범국이 되었다.

그러나 해마다 물류 창고에서 대형 화재가 발생하여 수십 명의 귀한 일용직 근로자와 외국인 노동자가 억울하게 숨지고, 노동조합 활동을 했다는 이유로 해고된 김용희 님은 삼백 일이 넘도록 고공 농성을 하고 있지만, 삼성 재벌은 아무런 반응을 보이지 않는 게 한국의 또 다른 현실이다.

소생은 40년간 강단에서 학생을 가르치면서 대학의 목적은 '격물(格物) 치지(致知) 성의(誠意) 정심(正心)'한 뒤에 '수신(修身) 제가(齊家) 치국(治國) 평천하(平天下)' 하는 것이라는 사실을 잊지 않았다. 그래서 책을 꾸준히 읽고 때로는 거리로 나서기도 했다.

그러나 나의 본업은 독서와 교육이다. 2년 전 정년퇴직한 뒤에는 조용히 읽고 싶었던 책이나 읽고 지내려고 했으나, 수구 반동 기득권 세력의 만행과 정치 검찰의 횡포, 조중동 등 편파적인 언론의 후안무치한 사실 왜곡과 일방적 보도는 나를 다시 거리로 불러내었다. 현실을 방관할 수 없었고, 시민들과 후배들에게 약간의 힘이 되고 싶었다.

다행히 4.15 총선에서 가증스러운 막말 정상배들이 어느 정도 청산되고, 민주당이 압승하였다.

이제 다시 본업으로 돌아왔다. 마침 코로나 사태로 집안에서 물리적 거리 두기를 하던 차에 노처 간병과 뒷바라지까지 맡게 되었다. 자의 반, 타의 반 어쩔 수 없이 '재가 독서인'이 되어 집중적으로 책을 읽을 수 있는 처지에 놓였다. 세계 문학 고전 중에 먼저 위고의 《레 미제라블》과 톨스토이의 《전쟁과 평화》를 읽고, 영화들도 구해 보았다. 셰익스피어의 작품은 2008년부터 2009년까지 1년간 런던 대학에 객원교수로 가 있을 때 스트랫퍼드 생가와 셰익스피어 극장에서 직접 보기도 하고 작년 후배님인 진영종 교수가 새로 번역한 《햄릿》으로 강의하는 것을 들었기 때문에, 다음 독서는 괴테의 《파우스트》로 하기로 마음을 먹고 있었다.

그러던 차에 평생 괴테와 파우스트를 연구한 안진태 원로 독문학자가 이번 4월에 그간의 연구를 991페이지로 집대성한 《불멸의 파우스트》를 출간했다는 소식을 듣고 즉시 교보에 가서 구매했다. 대개는 책의 내용을 검토해 보고 책을 사지만, 어떨 때는 책을 쓴 저자의 노력에 경의를 표현하기 위해 사기도 한다. 안진태 명예교수님의《불멸의 파우스트》는 둘 다에 해당한다. 그래서 이번 파우스트 독서를 읽을 때는 작품보다 연구서를 먼저 잡았다.

오늘은 1장의 등장인물을 읽었다.

"괴테의 '파우스트'는 하느님과 악마 메피스토펠레스 그리고 인간 파우스트 삼자 간에 행해지는 인간 지식의 총화이다."안진태《불멸의 파우스트》, 23면. 이하 면수만 표기

안진태 교수는 괴테가 독일 민족의 전설을 바탕으로 인류 전체의 인간상을 전형적으로 묘사하고자 하였다고 평가한다. 주인공 파우스트는 대학에서 철학, 법학, 의학, 신학을 공부하여 학식에 있어서는 타의 추종을 불허하지만 대우주의 신비는 파악할 수 없었다. 결국 그레트헨을 만나 진정한 사랑에 눈뜨고 '영원히 여성적인 것'에 의해 구원되어 성모 마리아에게 인도된다.47면

"인간은 노력하는 한 방황하기 마련인데, 선량한 인간은 비록 어두운 충동에 쫓기더라도 올바른 길을 잃지 않는다."51면

오늘부터 읽기 시작한 안진태 교수의 역저《불멸의 파우스트》는 속독하지 않고 작품을 대조해 가면서 천천히 음미하려 한다. 평생 연구한 이 노작을 후딱 읽어치우는 것은 저자에 대한 예의가 아닌 것 같아서이다.

장미꽃

단테는 청명하고 아름답고 진실한 대기 속에서 빛과 진리와 사랑을 느낄 때 장미가 핀다고 하였다.

장미는 신화에서 사랑과 미의 여신 아프로디테와 관련이 되는데, 괴테는 《파우스트》에서 장미꽃으로 시를 짓고, 사과는 깨물어 그 맛을 본다고 했다.

신록이 우거지는 5월은 아름다운 장미가 피어나는 계절이지만, 우리는 1980년 광주 민중 학살의 참상을 겪은 뒤부터 장미에서 꽃향기 대신 붉은 피의 냄새를 맡게 되었다.

5.18 40주년을 맞으며 광주 민주 민중 항쟁에 바른 이름[正名]을 붙이고, 그 역사적 의의를 기리는 기념식과 추모 행사, 전시회가 열리고 다양한 기록물을 발간하고, 정부와 민간 부문에서 꾸준히 신원 작업이 이루어지고 있다.

지난 4.15 총선에서 광주 민중 항쟁을 폄훼하고 광주의 민주 시민을 모욕하던 극우 적폐 쓰레기들이 거의 낙선하고, 민주 세력이 압승하면서 21대 새 국회에서 첫 번째로 광주 민중 항쟁 폄훼 금지

법을 발의한다고 한다.

아직도 광주의 깊은 상처를 치유하고 진실을 밝히기 위해서는 할 일이 많이 남아 있지만, 이번 40주년 기념식이 5.18 당시 시민의 마지막 항전지였던 도청 앞 광장에서 개최되고 대통령이 시민을 향해 발포 명령을 내린 자들을 밝히겠다고 공식적으로 천명한 것만으로도 우리의 응어리가 조금 풀리는 느낌이다.

요즘 저녁나절에 나가는 산책길에서 아름답게 핀 장미꽃을 바라보다가, 이달 초부터 읽고 있는《파우스트》에 형상화된 장미꽃이 떠올라 여기에 간단히 독후감 겸해서 소개한다.

단테가 천국의 문지방에 장미가 핀다고 했는데, 괴테의《파우스트》에서도 악마의 유혹을 물리치고 천국으로 승천할 때 장미꽃이 등장한다. 파우스트가 운명한 후 악마 메피스토펠레스가 파우스트의 영혼을 데려가려 할 때 천사들이 장미꽃을 뿌려 퇴치하며 노래를 부른다.

눈부시게 빛나며

향내를 내뿜는 장미꽃들아

하늘하늘 나부끼며

은밀히 생기를 불어넣는 꽃들아

작은 가지에 날개 달고

꽃봉오리 활짝 열어

파우스트가 숨을 거둘 때 젊은 천사들이 그의 영혼을 거두어 승천을 도울 때도 장미꽃이 쓰인다.

이렇게 아름다움과 구원의 상징으로 등장하는 장미가 실제로 괴테가 처음 사랑한 프리데리케를 묘사할 때도 사용된다.

> 작은 꽃, 작은 잎
>
> 부드러운 손으로
>
> 선하고 젊은 봄들의 신들이
>
> 장난하듯 내 엷은 리본에 뿌려 주네.
>
> 미풍아, 그 리본을 네 날개에 싣고 가서
>
> 가장 사랑하는 연인의 옷에 감아 주렴.
>
> 그러면 그녀는 더없이 명랑해져
>
> 거울 앞에 서리라.
>
> 장미로 둘러싸인 제 모습을 보겠지.
>
> 한 송이 장미처럼 신선한 모습을. 639-640면

괴테는 사랑의 상징으로 장미를 사용하지만, 꺾인 장미는 영원한 사랑의 징표로도 쓰인다. 슈베르트의 가곡을 통해 널리 알려진 괴테의 담시 〈들장미〉가 대표적이다.

한 소년이 장미를 보았네.

들에 핀 장미꽃,

너무도 싱싱하고 해맑아

소년은 가까이 보려고 달려가

기쁨에 겨워 보았네.

장미, 장미, 붉은 장미,

들에 핀 장미꽃. 647-648면

장미의 계절 5월을 마감하면서 괴테가 짓고 슈베르트가 작곡한 〈들장미〉를 빈 소년합창단의 맑은 목소리로 듣는다.

신영복의 삼독(三讀)

신영복 선생은 육군사관학교 교관으로 근무하던 시절 통혁당 사건에 연루되어 20년이라는 긴 감옥살이를 하였다. 그 긴 고통의 시간 동안 자살 충동을 이겨 낸 것은 창살을 통해 들어온 한 뼘의 햇살 때문이었고, 참고 견딜 수 있었던 것은 '공부를 통한 각성' 때문이었다고 한다.

공부란 무엇인가. 토플 점수를 올리고 스펙을 쌓아 삼성 같은 재벌 회사에 입사해 고액의 연봉을 받기 위함인가, 아니면 사법 시험에 빨리 합격해 검사나 판사가 되어 권력을 휘두르고 강남의 룸살롱이나 별장에 가서 퇴폐적인 향응을 제공받기 위함인가.

공자는 다른 사람의 말과 행동과 그 동기를 이해하고(知人) 남을 사랑하기 위해(愛人) 공부하는 것이라고 하였고, 신영복 선생은 자기를 발전시키고 세상을 변화시키기 위함이라고 하였다.

그러면서 신영복 선생은 공부란 머리로만 하는 것이 아니라 가슴으로, 발로 하는 '아주 먼 여행'이라고 하면서, 삼독(三讀)을 이야기한다.

삼독은 눈으로 읽고 가슴으로 읽고 몸으로 읽는다는 뜻이기도 하고, 책을 읽을 때 텍스트 그 자체, 그 책을 쓴 사람, 책을 읽는 자기 자신을 읽는다는 뜻이기도 하다.

책을 읽어 아는 체하거나 입신출세를 위한 수단으로 사용하지만 말고, 인간의 해방과 세계의 변혁을 일으키는 힘과 지혜로 사용하라는 말씀이다. 책을 읽고 자기 성찰과 성숙을 완성해 가고 세상을 바꾸는 정의로운 행동과 구체적 실천을 하지 않으면 아무런 소용이 없다는 것이다.

김기춘, 우병우, 조윤선, 김학의, 윤석열, 한동훈 같은 권력과 탐욕에 빠진 검사들, 이영훈, 류석춘, 진중권, 서민 같은 먹물들, 차마 입에 그 이름을 올리기조차 민망한 '빤스' 목사와 민중의 고통을 철저히 외면한 사제와 땡초들의 말과 행태를 보라.

과연 똑똑해서 검사가 되고 유명 대학의 교수가 되고 종교 지도자가 되어서 하는 짓들이 무엇인가. 이래도 무조건 공부만 잘하면 되는 것일까.

이자들에 비한다면 정직한 노동으로 농사짓는 농부, 찬 바닷바람을 맞으며 고기를 잡는 어부, 길거리를 청소하는 미화원, 공장에서 일하는 노동자들은 성인이라 할 것이다.

김삼웅,《장일순 평전》

어제는 강원대 시절의 옛 제자들을 만나러 춘천에 다녀왔다. 이 순박한 친구들은 이 못난 사람을 잊지 않고 가끔 이렇게 초대한다.

내가 춘천을 떠난 지가 거의 30년이 되고, 이 친구들도 이제 50대 중반에 접어들었다. 그런데도 이 친구들은 스승의 날이라고 커피 쿠폰을 보내기도 하고, 자기들이 모일 때 이렇게 초대도 한다. 어제는 춘천과 원주에 사는 네 사람이 나를 불렀다.

맛있는 춘천 닭갈비를 대접받은 내가 답례로 근년에 나온 졸저를 나눠 주었더니, 1987년 사제가 함께 민주화 운동에 나선 이후 이젠 길벗이 되어버린 용정순 강원신용보증재단 본부장도 책을 한 권 내밀었다. 지난주에 출간된《장일순 평전》김삼웅 지음, 두레, 2019이었다.

놀랐다. 나도 이 책을 며칠 전에 사서 읽고 있었기 때문이다. 내가 무위당을 좋아하는 줄 알고 용정순 제자님이 자기가 저자 김삼웅 선생으로부터 사인받은 책을 선물로 주는 것이었다.

무위당 장일순 선생은 지학순 주교와 함께 1970년대 민주화 성지 중 한 곳이었던 원주 캠프의 중심인물로 우리나라 민주화와 생명 사상, 한살림 협동 운동에 앞장선 인물이었으나, 직접 책을 저술하지는 않았다. 그를 따르는 후학들이 대담을 모은 《노자이야기》, 강연과 말씀을 모은 《나락 한 알 속의 우주》, 《좁쌀 한 알》, 《너를 보고 나는 부끄러웠네》와 서예와 난초 그림을 모아 출간한 서화집이 있을 뿐이었다.

그래서 무위당을 쉽게 이해할 수 있는 평전이 나오기를 기다리고 있었는데, 신채호, 안중근, 한용운, 김구, 김근태 등과 같은 한국 현대사를 수놓은 인물의 평전을 집필한 바 있는 독립운동사 연구가이자 평전 작가인 김삼웅 선생이 무위당의 생애를 단정하게 그린 평전을 내놓았다. 이 평전의 주인공 무위당에 대해 그를 따르던 이철수 화백은 다음과 같이 말한다.

"편하고 꾸밈없는 옷차림처럼 당신(무위당)의 말씀은 편하고 쉽고 단순했지만 넉넉하고 명쾌하고 깊었습니다. 넓고 깊은 데다 소탈한 표정과 자애로운 웃음을 곁들인 천의무봉이었지요.

무엇보다 말씀을 나누고 사람을 만나는 데 차별이 없으셨습니다. 고위 인사에서 거리 행상에 이르는 누구에게나 늘 너그럽고 다정하셨습니다.

온 생명을 모시는 사람이었습니다. 위도 모시고 아래도 모시고 좌도 우도 섬기셨습니다.

당신 생애의 하루하루와 매시간을 아낌없이 세상 사람들에게 내어주셨습니다. 공생(共生)의 삶을 사신 것이지요."

김누리, 《우리의 불행은 당연하지 않습니다》

– 아직 도착하지 않은 68혁명

6년 전 소생이 제15대 인하대교수회 의장으로 있을 때 중앙대 독일유럽학과의 김누리 교수를 처음 만났다. 그때 김 교수는 이미 탁월한 독문학자로 독일과 국내 학계의 정평을 받아, 그가 설립한 중앙대 '독일유럽센터'가 아시아에서 도쿄대, 베이징대에 이어 세 번째로 독일 정부의 지원을 받는 연구소로 지정되었다. 그는 이 독일유럽센터 소장으로 많은 연구 성과를 내고 인재를 양성하면서 대학과 사회의 민주화에도 열정적이었다.

소생과 김 교수가 재직하고 있는 인하대와 중앙대는 대한항공과 두산 재벌이 운영하는 대표적 족벌 사학으로, 대학 구성원인 교수와 학생의 자치와는 거리가 먼 '야만 중의 야만'^{김누리,《우리의 불행은 당연하지 않습니다》, 41면. 이하 면수만 표기}적인 대학 운영으로 악명이 높아 대학 민주화를 위해 서로 연대하고 협력했다.

당시 인하대에는 소위 '대한항공 땅콩회항사건'을 일으킨 조 씨가 인하정석학원 이사로 있으면서 총장을 능멸하는 언동을 하여 총장이 사퇴하는 사건이 발생하였고, 중앙대는 두산그룹이 인수하여

기업을 경영하듯이 대학을 운영하자 중앙대 교수들은 '대학의 민주화'를 외쳤다. 그러자 두산그룹의 박 씨가 민주화 활동을 하는 중앙대 교수들을 향해 "고통스럽게 목을 쳐주겠다"라는 폭언을 내뱉으며 협박했다. 이 어처구니없는 소식을 들은 민주화를 위한 전국교수협의회, 대학학회, 각 대학 교수회의 교수들이 긴급히 중앙대학교에 모여, 이 망언을 성토하고 대학의 지성적, 민주적 운영을 요구하는 긴급 토론회를 학교 강당이나 대형 강의실에서 개최하려 하였다. 그러나 중앙대 당국은 두산의 지시를 받아 교내의 토론회 장소를 물리적으로 막아 우리 교수들은 할 수 없이 중앙대 정문 옆 길거리에 앉아 학생들과 함께 규탄 대회를 개최하였다.

지난 시절 이렇게 뜻을 같이했던 김누리 교수가 한겨레신문에 쓴 칼럼을 빠지지 않고 읽었는데, 김 교수가 특강을 한 JTBC 〈차이나는 클라스〉는 보지 못해 아쉬웠다. 얼마 전에 그 강의를 수정 보완해서 《우리의 불행은 당연하지 않습니다》라는 책으로 출간했다는 소식을 듣고 구해 보았다.

김 교수는 한국이 세계에서 일곱 번째로 국민 소득 3만 불, 인구 5천만의 '30-50클럽'에 들어갔고, 2016년 촛불집회로 세계의 찬사를 받은 정치적으로 민주화된 국가라는 평을 받고 있지만, 사회 민주화와 경제 민주화와 문화 민주화는 매우 취약하다고 진단한다.[53면] 그 이유는 민주적인 의식을 가진 '민주주의자가 없는 민주주의' 때문이고, 광장 민주주의와 일상 민주주의의 괴리 탓이라고 한다. 그래서 한국의 민주주의가 위대한 것 같으면서도 취약하고, 사회는 세계 최고 수준의 자살률이 보여 주듯이 '헬조선'으로 불릴 정도로 암울하다는 것이다.[31면]

그래서 유럽에서 공부하며 독일 통일 과정까지 지켜본 김 교수는 우리 사회가 승자는 턱없이 오만하고 패자는 너무나 깊은 모멸감을 내면화하도록 왜곡된 것은 극단적인 불평등을 심화시키는 약탈적 자본주의인 자유 시장 경제 시스템과 남북 분단 체제 때문이라고 본다.[179면] 그래서 한국 사회는 '모든 형태의 억압으로부터 해방'을 추구한 유럽의 68혁명으로부터 아직도 배울 것이 많다. 68혁명의 부재로 인권 감수성의 부족, 소비 문화에 대한 비판 의식 결여, 권위주의의 미청산, 경쟁과 자기 착취 현상이 아직도 도처에 잔존하고 있다는 것이다.[108면]

한국이 정치적 민주화를 넘어 보다 성숙한 민주주의 사회가 되려면 모든 억압으로부터의 해방이라는 68혁명 정신을 구현할 필요가 있다. 재벌 개혁, 정치 개혁, 검찰 및 사법 개혁을 결연히 감행하여 새로운 '한국의 길'을 개척해 나가야 한다고 역설한다.[199면]

그리고 한국 사회가 비정상이면서도 그 기형성을 제대로 인식하지 못하는 것은 거짓의 언어를 퍼트리는 왜곡 언론 때문이라고 하면서, 시민들이 이런 문제를 통찰하고 비판적으로 인식하려면 독서와 공부가 필요하다고 하였다.[135면]

소생은 이 책을 읽으며 한국 사회를 독일과 유럽에 견주어 그 문제점을 날카롭게 지적하는 김누리 교수의 문제의식에 전적으로 공감하였다. 우리가 한국 사회의 문제들을 극복하고 새로운 '한국의 길'을 개척해 나아가기 위해서는 우물 안의 개구리 상태로 머물며 자화자찬하거나 터무니없이 비관할 것이 아니라, 김누리 교수나 박노자 교수(노르웨이 오슬로대 한국학) 같은 분들의 객관적인 시각을 많이 참조할 필요가 있다고 생각한다.

특강을 간결한 문장으로 풀어놓아 이해하기가 쉬워 단숨에 읽을 수 있다. 독자들의 일독을 권한다.

김경일,《김경일 신부의 삶 이야기》

민주화는 정권 교체만으로 이루어지지 않는다. 극심한 경제적 양극화를 초래한 재벌 체제, 사회 기득권을 유지하는 데 첨병 역할을 하는 정치검찰과 수구 언론, 부패 사학 등 적폐 세력을 청산하지 않고서는 진정한 민주주의의 완성을 말하기에 이르다. 그런데 세상의 빛과 소금 역할을 해야 할 종교와 진리를 가르쳐야 할 대학마저 기득권에 취해 불의에 침묵하고 자본과 권력에 굴종한다면 세상에 희망이 있을까.

《김경일 신부의 삶 이야기》는 평생을 정의와 평화 운동에 헌신하다 은퇴한 성공회 광주교구 김경일 신부가 기성 종교계에 뙤리를 틀고 있는 부패 기득권 세력에 맞서서 외롭게 저항해 온 투쟁의 기록이다. 1권이 김 신부의 마음 깊숙이 자리 잡고 있었던 해병대의 폭력과 평생 정직을 우선시했던 신학원 시절의 벗에 대한 트라우마를 치유하기 위한 글쓰기였다면, 이번에 출간하는 2권은 부제가 되기까지의 파란만장한 삶을 증언하는 내용이다.

1권이나 이번에 나오는 2권의 일관된 질문은 왜 기성 교단이 힘

없는 약자들의 편에 서서 정의를 구현하려고 애쓰는 사제를 격려하지 않고 오히려 억압하면서 그들의 사제 진출을 막으려 하고, 올바른 길을 가는 사제들을 변절시키고 순치하려 했던가 하는 것이다. 김 신부의 결론은 기성 교단이 말로는 신앙을 내세우지만 실제로는 돈과 권력과 허명을 우선시하기 때문이라고 한다. 김 신부의 이러한 용기 있는 증언과 기록이 우리 종교계를 깨우치는 각성의 종소리가 되리라 믿는다.

박래군,《우리에겐 기억할 것이 있다》

요즘 '부끄러움'과 '부채 의식'이란 화두를 염두에 두다가 우리 삶을 추동해 가는 힘은 어쩌면 잊지 못할 충격이나 열등감과 부끄러움 같은 콤플렉스인지 모른다는 생각이 들었다. 경상도 시골에서 성장해 대구를 거쳐 서울에서 공부한 나 같은 순진한 촌놈이 대학 시절 독서 동아리에 들어가 책을 읽고 토론하는 데 빠지고 사회 참여에 약간의 열정을 쏟는 것도 어쩌면 서울 출신 중산층 친구들에 대한 열등의식을 보상하기 위한 행동이었는지 모른다.

그런데 이러한 독서에 대한 열정이나 의식화되었다는 자부심도 1970년 말 유신 독재 체제에 항거하다 투옥되고 노동 현장에 뛰어든 후배들을 보면서 산산이 조각나고 부끄러움은 더해 갔다. 기껏 그들을 응원하는 창백한 대학원생이었을 뿐이었다. 그러다가 운이 좋아 일찍 교수가 되어 대학 강단에 섰지만, 용기 있는 발언과 행동을 하다가 해직된 선배 교수님들에게 늘 죄송한 마음을 지니고 있었다.

그러면서 이런 구절양장같이 왜곡된 역사를 기록하고 증언하는 사람도 필요하지 않겠나 하는 자기 합리화를 하면서 연구실에서 '진실을 밝히는 글'을 쓰고자 했다. 그러다가 박종철 군과 이한열 군이 숨진 1987년 학생과 시민이 거리로 나가 민주주의의 회복을 외치는 것을 보고 선배 교수를 따라 시국 서명을 했다. 그때 조금 부채 의식을 덜었다. 그 후 대학교수에게 주어진 연구와 교육 업무에 종사하고 학교 생활을 하느라, 사회 정의의 실현이나 현실 참여할 시간과 정신적 여유가 없었다.

그렇게 30년 세월을 보낸 뒤 환갑이 지난 2014년 인하대교수회 의장을 맡았다. 그동안 마음속에 쌓여 있던 부끄러움과 부채 의식을 갚을 기회를 얻게 된 것이다. 대학 내에서는 '땅콩회항'의 갑질 사건으로 유명해진 한진재단의 횡포에 맞서 교수의 총장 선거 참여와 학사 운영의 자율성 확보 등 교내 민주화 투쟁을 전개하였고, 대외적으로는 그때 발생한 4.16 세월호 참사의 원인과 진실 규명 촉구 성명서 발표, 역사 교과서 국정화 반대, 몰상식한 박근혜 정권의 퇴진 운동에 나서게 된 것이다. 이런 와중에 광화문 세월호 광장에서 이달 5월에 출간된 '한국 현대사 인권 기행기'《우리에겐 기억할 것이 있다》의 저자 박래군 후배님을 만났다. 박래군 '인권중심사람' 소장은 국문과의 직속 후배님이지만 학번이 11년이나 차이가 나 학교 캠퍼스에서 만날 기회가 없었다. 처음 만난 것이 세월호 참사의 진실 규명과 책임자 처벌을 요구하는 광화문 집회 때였을 것이다. 박래군 소장은 1988년 광주 학살의 책임자 처벌을 요구하며 분신한 박래전 열사의 친형으로, 동생과의 약속을 지키기 위해 인권운동에 뛰어들었다. 내가 처음 만났을 때 박 소장은 이미 우리나라의 대표적 현장 인권 운동가가 되어, 4.16 국민연대의 공동 대표로 활약하고 있었다.

이러한 박래군 소장의 끈질긴 인권 투쟁은 박근혜 정권에 눈엣가시처럼 보여, 급기야 터무니없는 집시법 위반이란 혐의로 구속된다. 그때 박래군 소장의 구속을 철회하라는 시민의 요구와 항의가 빗발쳤고, 국문과 선후배 수백 명도 석방 촉구 서명과 함께 후원금을 모금하여 엄청난 호응을 받았다.

박래군 소장의 구속 사건 이후 나는 이 자랑스러운 후배에 대해 많은 관심을 가졌고, 내 깜냥껏 '인권재단사람'을 후원해 왔다. 근래 박 소장을 만날 때마다 나는 박 소장이 국문과 출신으로 한때 소설가를 꿈꾸기도 한 필력을 지니고 있으니만큼 인권 현장을 기록으로 남기라고 부탁하였다. 그렇지 않아도 쓰고 있는 중이라고 하더니 이번 4.16 세월호 참사 6주기와 광주 민중 항쟁 40주년에 맞추어 한국 현대사의 인권 현장 답사기를 출간했다. 책에 대한 상세한 소개는 한겨레신문 2020년 5월 15일 자에 보도되었듯이, 4.3의 제주, 소록도, 5.18의 광주, 박종철 열사가 고문으로 숨진 남영동 대공분실, 민주인사들이 잠든 마석 모란공원, 세월호의 참사 현장인 팽목항과 목포신항을 인권 운동가의 시선으로 기록한 것이다.

박래군 소장이 온몸으로 기록한 인권 현장 답사기를 통해서 우리나라 민주화가 많은 분의 숭고한 희생 위에서 이루어진 것이라는 사실을 확인할 수 있고, 현대사의 현장과 그 역사적 의미를 다시 한 번 되새기게 된다.

박점규,《직장갑질에서 살아남기》

부족한 이 사람이 운 좋게도 20대 말에 대학에 자리 잡아 강원대와 인하대에서 37년간 훌륭한 학생들과 교학상장할 기회를 가졌다.

소생이 평생 국문과와 국어교육과에 재직하였기 때문에 물론 국어 교사 제자가 제일 많다. 그러나 우리 시대 사람들이 모두 함께 겪은 1980년 광주 민중 항쟁과 1987년 6.10 민주화 운동의 영향으로, 제자 중에는 사회 민주화와 농민 운동, 노동 운동에 투신한 애제자들도 있다.

강원대 제자 중 강원 지역 농민 운동과 축산협동조합 운동을 한 전기환 제자, 원주에서 여성 운동과 시민 운동을 활발히 하다가 원주시의회에서 3선 의원으로 활약한 용정순 제자와는 요즘도 페이스북에서 교류를 이어 가며 가끔 오프라인에서도 만난다.

인하대 제자 중에 사회 변혁 운동에 나선 제자로는 얼마 전 50세의 나이로 안타깝게 세상을 떠난 우리나라 사회적 경제의 이론가이자 실천가였던 장원봉 박사와《직장갑질에서 살아남기》한겨레출판, 2020를 출간한 박점규 '직장갑질119' 운영위원과 친하게 지냈다.

박점규 제자는 재학 중 학생 운동을 하다가 졸업 후 노동 운동을 하기로 하고, 먼저 민주노총 기관지 〈노동과 세계〉에서 기자로 활동했다. 전국의 노동 현장을 답사한 노동 르포르타주《노동여지도》 알마, 2015를 출간하여 노동자의 열악한 현실을 세상에 알려 한국출판문화상을 수상하기도 하였다.

이번에 나온《직장갑질에서 살아남기》는 노동조합조차 결성하기 어려운 소규모 회사나 비정규직, 여성 및 청년 임시직의 억울한 사정을 듣기 위해 '직장갑질119(www.gabjil119.com)' 카카오톡 오픈방을 개설하여, 그 문제를 함께 해결하기 위해 노력한 자취를 정리하여 기록한 것이다. 박점규 위원이 한겨레신문에 기고하여 알려진 '한림대성심병원 간호사들의 선정적 장기자랑 강요 갑질'을 비롯한 입사 및 퇴사, 임금, 노동 시간, 괴롭힘, 부당 지시, 회식 문화 등의 각종 갑질을 10개 영역으로 분류하여 그 구체적 대응법과 법적 해결 방안을 제시하고 있다.

제자가 보내 준 이 책을 읽으며 열악한 노동 환경에서 하루하루 지옥처럼 살아가는 노동 약자들의 호소와 몸부림을 온몸으로 받아들여, 뜻있는 동지들과 양심적인 법조인과 함께 해결하려고 헌신한 애제자 박점규 '직장갑질119'운영위원의 치열한 삶에 감동하지 않을 수 없었다.

평소 강단에서 '어려운 이웃을 사랑하고 정의롭게 살아라'라고 떠들면서 실천은 하지 못하고, 안락한 서재에서 책이나 뒤적이는 못난 스승이 부끄러우면서도 제자들의 활약상을 보면 흐뭇하기도 하다.

이제 박점규, 고 장원봉, 전기환, 용정순을 비롯한 멋진 제자들이 앞으로 내 인생의 스승이다. 나이 많고 가르쳤다고 스승이 아니라, 도를 깨치고 실천하는 사람이 스승이 아닌가.

조지형 외 역주,《조선의 숨은 고수들》

1

조지형 선생이 중심이 된 인하대 공부팀이 국한 혼용체로 기록된 위암(韋庵) 장지연(張志淵, 1864~1921)의 《일사유사逸士遺事》를 공동으로 번역하고 주석한 《조선의 숨은 고수들》청동거울, 2019을 출간했다. 《일사유사》가 국한 혼용체로 되어 한문보다 읽기가 수월할 것이라고 생각하기 쉬우나, 실제는 한문이 주가 되고 국문이 종이 된 '한주 국종체(漢主國從體)'여서 애국 계몽기의 논설을 연구하는 사람이 아니면 결코 쉽게 접근을 허용하지 않는 저작이었는데, 이번에 깔끔한 현대어로 재탄생하게 되어 일반 식자들의 접근도 용이하게 되었다.

위암 장지연은 애국 계몽기부터 일제 초기까지 활동한 언론인이자 애국 계몽 운동가로 수많은 논설과 저작을 남겼다. 우리에게는 1905년 을사늑약이 체결되자 《황성신문皇城新聞》에 〈이날이야말로 크게 통곡해야 할 날是日也, 放聲大哭〉이라는 유명한 논설을 쓴 언론인으로 알려졌지만, 위암은 당시 애국 계몽 사상가들이 그랬듯이 독립협회, 대한자강회, 대한협회 같은 애국 독립 단체에 참여하여 사회 활동을 하면서 신문 논설뿐만 아니라 역사서와 유교 저작, 인물전, 시선(詩選), 지지(地志), 농서(農書) 등 다양한 방면의 글쓰기를 한 전방위적 실천 지식인이었다.

각 역사 현실에서 활약했던 왕후장상과 유명 인물의 사적은 일찍부터 역사서의 〈열전列傳〉에 기록되었고, 고승대덕의 생애에 대해서는 〈고승전高僧傳〉에, 유가적 이념을 실천한 충신 효자 열녀에 대해서는 각종 문집의 〈사전私傳〉에 기록되어 왔다. 그러나 민간 부문에서 활약한 일사(逸士)와 일민(逸民), 여항인과 여성의 뛰어난 행적은 각 지역에서 구전으로 전승되다가 인멸되었다. 이를 안타깝게 생각한 사대부 문인들은 가끔 이런 평민과 여성들의 아름답고 뛰어난 행적에 관심을 두고 그들에 관한 행적을 수습하여 기록하기도 했으나, 본격적으로 이런 일사와 일민, 여성 등 소수자에 대한 관심을 글로 남긴 것은 문학 담당층이 사대부 계층에서 중인, 여항인, 평민, 여성으로 하향화되고 자기 계급에 대한 연대성이 생긴 조선 후기부터일 것이다.

2

《일사유사》는 장지연이 서촌에 살면서 중인층 인사로부터 전해 들은 인물과 다양한 문집 및 산문 기록에 전하는 빼어난 인물들을 총망라하여 소개하고 있다. 이 책에는 여항의 역사 공간에서 활동하면서 뛰어난 활동과 남다른 재능을 펼쳤던 역관, 의원, 화원, 시인, 협객, 기생, 천민뿐만 아니라 한미한 양반, 실학파 문인, 사대부 가의 여성 문인에 이르는 당시의 시대가 알아주고 품지 못했던 불우한 인사들의 행적을 수습하여 기록하고 있다. 조선 후기 시사(詩社)에서 문학적 역량을 보여 준 김락서, 김희령, 유재건 등의 후대 여항 문인을 대거 포함한 한편, 화가, 서예가, 의원, 바둑 고수, 신선 등의 인물을 비롯하여 역관, 의협객, 가객, 산학가, 아전 및 서리 등 기존 인물 전기에서 다루지 않았던 인물까지 다루고 있다.

《일사유사》가 백여 명의 여성 인물 전기를 다루고 있는 점도 특기할 만하다. 장지연이 《여자독본》을 간행할 때도 삼국 시대부터 조선 시대까지 이상적인 여성 42명을 수록한 바 있지만, 《일사유사》 권5와 권6에서도 여성 인물을 집중적으로 다루면서 새로운 여성상을 창출해 내었다. 이 책의 중심 번역자인 조지형 선생이 적절히 지적한 바와 같이, "《일사유사》에서 입전한 여성 인물의 경우 남자 못지않은 군공(軍功)을 세우고, 나라의 기강을 확립하는 등 정치적이고 사회적인 역할을 수행한 여성 인물, 문자와 학술로 세상에 명성을 떨친 여성 등 새로운 시대에 걸맞은 여성의 전범을 드러내고 있다." 라고 평가할 수 있을 것이다.

《일사유사》에 수록된 인물의 특성 중에 또 주목해야 할 점은 등장 인물의 출신이 지역적으로 소외되어 왔던 평안도와 함경도 지역을 포함한 전국의 일사들을 다루고 있다는 점이다. 종래 《추재기이》와 《호산외기》 등은 대체로 서울과 도성 주변의 여항 인물 위주로 다루고 있는 데 비하여, 《일사유사》는 전국에 숨어 있는 일사들을 발굴해서 조명하고 있다. 특히 조선 시대에 상대적으로 차별을 받아 왔던 서북 지역인 평안도 출신들을 적극적으로 발굴해 소개한 점은 이채롭다고 하지 않을 수 없다.

3

《일사유사》에 등장하는 인물은 모두 흥미롭고 감동적이다. 그런데 이러한 흥미와 감동은 일사들의 일화 자체가 발하는 자연스러운 것이다. 예컨대 대대로 내려온 가업으로 누만의 재산을 가진 부호인 부모가 세상을 떠나자, 부모가 안 계시는데 누구를 위해 재산을 모으겠느냐 하면서 전 재산 중 1년 치 생활비와 손님 접대비를 제외하고 나머지 수만 꿰미의 돈으로 '급인전(急人錢)을 마련한 최순성'의 이야기는 그 자체로도 감동적이다.

그런데 이러한 이야기에 독자의 흥미를 배가시키고 안타까움을 고조시키는 것은 《일사유사》 찬술자 장지연의 문학적 능력과 감식안 때문이기도 하다. 장지연은 일사들의 특별한 행적을 소개하면서 뛰어난 서사 능력과 문학적 감식안을 보여 주고 있는 것이다. 대표적인 것이 '전란 속에서 해외를 떠돌며 남편을 찾아다닌 정생의 아내 홍도' 이야기일 것이다. 임진왜란 와중에 명나라 군인들을 따라 중국 절강에 가게 된 남편을 찾으러 명나라에 간 용기 있는 여성 홍도의 이야기는 매우 극적인 이야기인데, 그 이야기를 보여 주는 구체적 서사 기록은 거의 본격 소설의 경지에 이르렀다.

그리고 《대동시선》을 엮을 정도로 시를 보는 감식안이 뛰어났던 위암은 천성이 활달하였던 역관 정수동의 생애를 소개하면서 다음과 같은 시를 삽입하고 있다.

> 인생이 백 년도 못 되는데
> 근심스레 또 무엇을 슬퍼하리오.
> 옛 선현들도 이미 멀리 떠나갔거늘
> 우리는 부질없이 바쁘기만 하구나.

마치 도연명(陶淵明)의 〈신석神釋〉 한 구절인 '큰 변화 가운데 자유자재하면서, 기뻐하지도 않고 또 두려워하지도 않으리'를 읽는 것 같은 느낌이 든다.

《일사유사》에 실린 모든 이야기 뒤에는 '외사씨는 말한다(外史氏曰)'라는 논평이 실려 있다. 이는 인물 일대기를 그린 전(傳)의 일반적 장르 관습이긴 하지만, 장지연은 자기가 다루는 일사와 일민, 여성들이 당시 사회 체제에서 소외되어 주목받지 못하고 있었기 때문에 좀 더 알려지고 공식적 평가를 받기 바라는 편찬 의식의 소산이라고 할 수도 있을 것이다. 이 논평을 통해 우리가 왜 이 인물을 주목해야 하며, 이들로부터 무엇을 배우고 깨달아야 하는지를 분명하게 정리하였다.

독서, 자기 성찰과
세계 인식의 통로

1. 독서의 목적과 독서 동아리의 존재 이유

중국 송(宋)나라 때 학자 왕안석(王安石)은 〈왕형공권학문王荊公勸學文〉에서 독서는 큰 비용이 들지 않으면서도 만 배의 이익을 가져온다고 하면서 젊은이들에게 책을 읽을 것을 다음과 같이 권했다.

"가난한 사람은 책을 읽음으로써 부자가 되고, 부자는 책을 읽음으로써 귀하게 되며, 어리석은 사람은 책을 읽음으로써 현명하게 되고, 현명한 사람은 책을 읽음으로써 이롭게 된다. 나는 독서를 해서 영화로워지는 것은 보았지만 독서 때문에 해를 입는 것은 보지 못했다."

독서를 하면 자기의 재능을 계발할 수도 있고 부귀현달(富貴顯達)할 수도 있다는 것이다. 옛날의 과거 공부나 요즘의 각종 고시를 위한 공부는 다 이러한 입신출세(立身出世)를 위한 독서라고 할 수 있다. 그러나 독서의 목적이 단지 현재의 이득을 얻는 데 머문다면 진정한 의미의 독서라고는 할 수 없다.

조선 후기 박지원(朴趾源)이나 정약용(丁若鏞) 같은 실학자들은 당시 사대부들이 훌륭한 성현들의 가르침이 담긴 책을 읽지 않고 과거 공부를 하는 것을 개탄하면서 참된 도와 현실의 변화를 추구하는 '자기 성찰과 세계 인식의 통로'로서의 독서를 주장하였다. 감산선사(憨山禪師)가 도에 뜻을 두고 공부하다 보면 이름이 나고 공적이 쌓이는 것이라고 말한 것처럼 입신출세나 부귀현달은 독서의 자연스러운 결과이어야지, 처음부터 그런 목적만을 위한 독서는 참된 독서를 해치는 것이라고 보았다.

1969년 자기를 성찰하고 세상을 올바로 인식하기 위해 개별적으로 책을 읽던 대학생들이 함께 모여 책을 읽고 토론함으로써 자칫 전공 영역에 갇히거나 취업 수단을 위한 공부로 경사되는 것을 막기 위해 연세자유교양회라는 독서 동아리를 창립해서, 올해 50년이 되었다.

이를 계기로 자유교양 독서 동아리의 앞으로의 방향을 설정하는 데 조금이라도 참고가 될까 하여 우리나라의 대표적 전통 지식인의 독서론을 간략히 살펴본다.

2. 자기 성찰로서의 독서

우리가 학문을 할 때는 진리 탐구를 목표로 하고, 사람 되는 공부를 할 때는 훌륭한 인격이 되는 것을 목표로 하는데, 이것은 대개 독서를 통해서 이루어진다. 박지원이 그의 《양반전兩班傳》에서 '독서를 하는 사람을 선비(讀書曰士)'라고 정의한 것도 바로 선비가 선비답게 학문과 인격을 동시에 갖출 수 있게 되는 것은 독서를 통해서 이루어짐을 말하는 것이다.

책은 인류의 지혜와 경험이 가장 체계적으로 담긴 문화유산이므로, 우리의 배움은 책을 통해서 이루어지는 것은 당연하다 할 수 있다. 그리하여 우리는 책을 통해 인류의 위대한 스승과 인격적 만남을 이룰 수 있게 된다. 이런 의미에서 독서 행위는 훌륭한 인격과의 창조적 만남이며, 상상력을 통해 독자와 저자 간에 이루어지는 무궁무진한 대화라고 할 수 있다. 우리는 이러한 창조적 만남과 대화를 통해서 자기를 가다듬고 성찰할 수 있는 시간을 갖게 된다.

이러한 자기 성찰을 위한 독서를 강조한 학자로 우리는 먼저 퇴계(退溪) 이황(李滉)을 먼저 꼽을 수 있을 것이다. 퇴계는 학문을 할 때는 도(道)를 목표로 하고 사람 되는 공부를 할 때는 성현을 본받아야 한다는 주자(朱子)의 가르침을 본받으려고 했다. 그래서 책을 읽을 때 먼저 성현이 남긴 경전을 읽고 자기를 되돌아보아야 하고, 그러다가 혹시 깨닫지 못할 곳이 있거든 모름지기 성인이 내린 가르침이란 반드시 사람이 알 수 있고 행할 수 있는 것에 대해서 말을 하신 것임을 생각해야 한다. 또 성현의 말씀과 나의 소견이 다르다면 이것은 나의 힘씀이 정하지 못하기 때문이다. 성현이 알기 어렵고 행하기 어려운 것으로 글 읽는 사람을 속일 리가 없다는 것이다. 다시 말하면 독서는 모름지기 경전을 위주로 성현의 말씀에 자기의 언행을 비추어 보아 자기를 성찰해야 한다는 것이다.

이러한 자기 성찰을 목표로 한 독서를 추구했던 퇴계는 독서의 방법으로 비판적인 글 읽기나 창의적인 생각을 유도하는 글 읽기를 권하지 않고, 성현들의 글을 자세하고 깊이 이해하고 체득하기 위한 글 읽기, 즉 숙독(熟讀)과 정독(精讀)을 권하게 된다.

"독서의 방법은 그저 익숙하게 읽는 것뿐이다. 글을 읽는 사람이 비록 글의 뜻을 알았으나 만약 익숙하지 못하면 읽자마자 곧 잊어버리게 되어 마음에 간직할 수 없을 것은 틀림없다. 이미 알고 난 뒤에 또 거기에 자세하고 익숙해질 공부를 더한 뒤에라야 비로소 마음에 간직할 수 있으며 또 흐뭇한 맛도 있을 것이다."

글을 읽는 가장 중요한 목적이 성현의 말과 행동을 본받아서 조용히 찾고 가만히 익힌 뒤에라야 비로소 학문으로 나아갈 수 있다고 생각한 퇴계는 글을 읽을 때 바쁘게 책장을 넘기고 예사로 외기만 하는 것은 독서에 있어서 가장 나쁜 버릇이라고 하면서, 이렇게 해서는 머리가 희도록 경서를 공부해도 아무런 이익도 없다고 했다. 그래서 퇴계 자신이 독서를 할 때 매우 진지하고 엄숙한 자세로 글의 깊은 뜻을 이해하려고 노력하였던 것 같다.

"선생님이 책을 읽을 때는 바로 앉아 엄숙하게 외웠다. 글자와 글 귀에서는 그 뜻을 찾아 한 자, 한 획의 미세한 곳까지도 예사로 지나쳐 버리지 않았다. 그래서 어로시해(魚魯豕亥)같이 잘못 알기 쉬운 것도 반드시 분별해내고야 말았다. 그러나 일찍이 한 번도 기왕에 있는 글자를 함부로 지우거나 고치지 않고 그 글줄 위에다가 주를 붙이기를 '아무 글자는 마땅히 아무 글자로 해야 하지 않을까'라고 했으니 그 자세하고 정밀함이 이와 같다."

이러한 퇴계의 독서관은 옛글을 존숭하고 쓸데없이 새로운 글을 짓지 않는다는 술이부작(述而不作)의 호고주의적(好古主義的) 학문 자세에서 비롯된 것으로 보인다. 옛 경전에 절대적 권위를 부여하고 오늘의 가치보다 과거의 가치가 더 우월하다는 생각이 전제된 이러한 호고주의적 학문 자세는 자연히 독서를 하는 데도 영향을 미쳐, 새로운 문제 제기나 창의적 발상을 전개하는 것을 막고 과거로부터 전해 내려온 옛 문헌을 믿고 성현들의 말씀을 깊이 이해하여 따를 것을 강조하게 된다. 퇴계는 이런 입장에서 공부하는 사람은 경(敬)을 근본으로 삼고 궁리하고 치지하여 자신을 반성하여야 하는데, 독서는 이런 것을 하기 위한 필수적인 과정이라는 것이다.

우리 유학 사상사에서 퇴계와 쌍벽을 이루는 율곡(栗谷) 이이(李珥)도 이러한 자기 성찰을 위한 독서를 강조하였다. 율곡은 도(道)에 들어가는 데는 이치를 궁구하는 것보다 먼저 할 것이 없으며 이치를 궁구하는 데 있어 가장 먼저 해야 할 것이 독서라고 하여, 독서의 중요성을 강조하였다. 율곡이 이렇게 독서의 중요성을 강조한 까닭은 책에는 바로 성현의 마음을 쓴 자취와 선악의 본받을 만한 것과 경계할 만한 것이 모두 담겨 있기 때문이라는 것이다. 이런 생각은 주자나 퇴계와 동궤의 것으로 도학주의적(道學主義的)인 것이라 할 수 있다. 입도궁리(入道窮理)하기 위해서는 독서를 하되, 책을 읽을 때는 반드시 단정하게 손을 모으고 무릎을 꿇고 바르게 앉아 삼가 공경하는 자세로 책을 대하되, 마음을 다하고 뜻을 극진히 하여 생각을 가려 정밀히 하며, 숙독하고 깊이 생각하여 그 의미를 깊이 풀이해 구절마다 반드시 그 실천할 방법을 구해야 한다. 만일 입으로만 읽고 마음으로 체득하지 못하고 몸으로 행하지도 못한다면, 글은 저대로 글일 뿐이요 또한 나는 나대로 나일 뿐으로 아무런 이익이 없게 된다고 하였다.

율곡도 독서의 방법으로 역시 퇴계와 마찬가지로 정독과 숙독을 권하고 있는데, 한 권의 책을 선택하면 숙독하여서 뜻을 모두 통달하여 의심이 없게 된 연후에 다른 책으로 바꿔 읽을 것이요, 다독(多讀)에만 힘써서 이것저것 바삐 읽어서는 안 된다고 하였다. 글을 읽을 때는 반드시 얼굴을 정숙하게 가지고 단정히 앉아서 마음을 오롯이 하여 한 가지 글이 익숙해진 다음에 비로소 다른 글을 읽어야 하고, 닥치는 대로 많이만 보는 것을 능사로 여겨서는 안 된다는 것이다. 율곡은 이러한 책을 익고 토론하기에는 밤이 제일 좋다고 하면서 젊은이들에게 야독(夜讀)을 권했고, 공부하는 사람은 삼경(三庚)까지 책을 봐야 한다고 했다.

이러한 퇴계와 율곡의 독서론은 세상을 바로잡기 위해서는 먼저 자기 자신을 바로잡아야 한다는 유가의 수기치인(修己治人) 사상에 바탕을 둔 것으로 독서가 자기 성찰의 필수적인 통로임을 말해 주는 것이다.

3. 세계 인식의 통로로서의 독서

책은 이처럼 자기 성찰의 계기를 마련해 줄 뿐만 아니라 세상을 바로 인식하고 인간다운 사회의 건설을 위한 세계 인식의 통로 역할도 한다. 세계 인식으로서의 독서의 역할을 대표적으로 강조한 문인으로 조선 후기 실학파를 들 수 있을 것이다. 우리에게 《허생전》과 《양반전》의 작가로 알려진 실학파 문인 연암 박지원은 선비와 독서에 대해 특별히 관심이 있었다. 당시 조선 후기의 혼란한 현실을 바로잡을 수 있는 사람이 바로 실학을 하는 선비라고 생각한 연암은 선비가 하루라도 독서를 하지 아니하면 면목과 말이 우아하지 않게 되며 심신이 갈 길을 잃어 기댈 바가 없어지기 때문에 군자가 평생토록 그만두어서 안 되는 것이 독서라고 하였다.

그러나 연암을 비롯한 조선 후기 실학자들은 독서가 단지 자기 수양이나 입신양명을 하기 위한 목적으로 한정되어서는 안 된다고 생각했다. 출세만을 위한 과거 공부나 도를 추구하느라고 현실 세계의 문제를 도외시한 성리학은 오히려 비판받아야 한다는 것이다. 조선 봉건 체제가 해체되는 와중에 피폐해진 현실을 바로잡는 데 관심을 가졌던 실학자들이 당시 사변적인 학문 풍토와 개인의 입신 영달을 위한 공부를 비판한 것은 당연하다고 하겠다. 그래서 연암은 선비가 독서를 해서 이론 탐구한 성과가 입신출세나 명예 같은 자기 욕망의 충족에만 머물러서는 안 되며, 그 혜택이 온 세상에 미치고 그 공이 만세에 드리워지도록 해야 한다고 생각했다. 연암은 무엇을 위해 독서를 해야 하는가에 대해서 다음과 같이 말하고 있다.

"무릇 독서는 장차 무엇을 위해서 하는 것인가. 문장 기술을 풍부하게 하기 위함인가, 글 잘한다는 명예를 넓히기 위함인가. 학문을 강구(講究)하고 도(道)를 논하는 것은 독서의 사(事)요, 효제(孝悌)하고 충신(忠信)하는 것은 강학(講學)의 실(實)이며, 예악형정(禮樂刑政)은 강학의 용(用)이다. 독서를 하면서도 실용할 줄을 모르면 참된 강학이 아니며, 강학에서 귀하게 여기는 점은 그 실용을 행하는 데 있다."

이와 같은 실천적 독서관을 가진 연암은 자연히 역사상 인물 가운데 당대 역사적 과제를 해결하는 데 적절한 대응력을 갖는 실용지학을 한 사람들을 주목하게 되었고, 그런 사람을 '선독서자(善讀書者)'라고 하였다. 연암은 그런 예로 공자(孔子)와 맹자(孟子)를 들고, 옛날 성인의 책을 읽으면서 그 책에 담겨 있는 지극한 공평과 피나는 정성을 이해하고, 그들의 고심한 자취를 헤아리는 사람은 드물다고 하였다. 연암은 책을 읽되, 그 책을 쓴 사람의 마음마저 읽도록 해야 한다고 말했다. 말하자면 책을 읽는 과정에서 저자와 독자의 상호 소통을 강조한 것이다.

연암이 말하는 선독서(善讀書)는 흥미를 위주로 하거나 수박 겉핥기식으로 많이만 읽는 것이 아니라, 그 책을 쓴 사람의 고심한 자취를 헤아리는 데까지 나아가는 책 읽기를 말한다. 그러니까 연암이 말하는 선독서자(善讀書者)는 우리가 보통 책을 잘 읽는다고 하는 사람, 예컨대 소리를 잘 내거나 구두를 잘 찍거나 지의(旨義)를 잘 해독하거나 담설(談說)을 잘하는 사람을 말하는 것이 아니라 실천적 문제의식을 느끼고 그 책을 쓴 사람의 정신을 읽을 줄 알고, 거기에서 얻은 지혜를 그가 살고 있는 현실의 여러 문제를 해결하는데 응용할 줄 아는 독서인을 말한다.

이렇게 실천적 문제의식을 느끼고 독서할 것을 강조한 연암은 이러한 문제의식으로 경서(經書)를 새로 읽고 농, 공, 상의 복리 증진을 위한 이용후생(利用厚生)의 학문과 기술을 연구하였다. 그는 먼저 자기가 하고자 하는 실용의 학문(學)을 전개할 수 있는 논리적인 바탕을 마련하고자 경서를 실천적인 각도에서 재해석한다. 그가 특히 주목한 경서는 서경으로, 그 가운데서도 선정(善政)과 양민(養民)을 강조한 《서경書經》〈대우모大禹謨〉를 이런 각도에서 되새겨 보았다. 〈대우모〉는 양민의 근본이 수(水), 화(火), 금(金), 목(木), 토(土), 곡(穀)을 잘 다스리는 데 있으며, 정덕(正德), 이용(利用), 후생(厚生)을 잘 조화시키는 것이 선정의 요체라는 내용을 담고 있다. 연암은 이 대목이 가지고 있는 실천적 성격에 주목하여 수, 화, 금, 목, 토의 오행(五行)을 합리적으로 이용할 것을 강조하고, 정덕, 이용, 후생 가운데서 이용후생에 강조점을 두어 자연을 잘 이용한 뒤에 백성의 생활이 넉넉해지며, 백성의 생활이 넉넉해진 뒤에 덕이 바로잡힌다는 논리를 마련하였다. 이러한 논리적 바탕을 마련한 연암은 당시 성리학자나 위정자가 그들의 중심 문제로 생각하지 않았던 농지 경영의 개선과 토지 재분배 문제, 화폐 정책과 유통 경제론 그리고 공업 기술의 향상 문제 등에 깊은 관심을 두고, 문제 해결을 위한 이론적 탐구와 실험을 강조하였다. 연암은 고고한 사대부들처럼 돈 문제나 농사일, 기술 개량 등에 관해 얘기하기를 거리끼기는커녕, 바로 이러한 농, 공, 상의 편리를 위해 그 이치를 밝히는 것이 선비의 사명이라고까지 하였다. 그리고 연암은 이러한 실천적 이론 탐구를 위한 독서뿐만 아니라 사실주의적인 정신과 경험론적인 사고를 통해 자연을 관찰, 이용하고, 발달한 선진문물을 진취적 개방성을 갖고 구체적으로 수용할 것을 주장하였다.

독서는 인간이 할 수 있는 일 가운데 가장 깨끗한 일이라고 생각한 다산도 역시 실천적 문제의식을 느끼고 책을 읽으라고 한 면에서는 연암과 같다.

"공부할 때는 반드시 경전에 관한 공부를 하여 밑바탕을 확고하게 한 후에 옛날 역사책을 섭렵하여 정치의 득실과 잘 다스려지고 못 다스려지는 이유의 근원을 알아야 하며, 또 반드시 실용의 학문에 뜻을 두어서 옛사람들이 나라를 다스리고 세상을 구했던 글들을 즐겨 읽어야 한다. 이러한 마음을 늘 갖고 있으면서, 만민을 윤택하게 하고 만물을 번성하게 자라게 해야겠다는 뜻을 가진 뒤에라야 비로소 올바른 독서군자가 될 것이다."

이 글은 다산이 강진(康津)에 귀양 가 있던 임술년(1802) 12월 22일 두 아들에게 보낸 편지 가운데 일부분이다. 우리는 이 글을 통해서 다산학의 실천적 성격을 다시 한번 확인할 수 있는 동시에 다산은 독서의 목적을 현학적인 지식의 습득이나 입신출세에 두고 있는 것이 아니라 자기 삶의 문제와 역사 현실의 문제를 해결하는 데 두고 있음을 알 수 있다.

다산은 공부하는 사람은 먼저 경전에 관한 공부를 하여 밑바탕을 확고하게 한 후에 옛날의 역사책을 섭렵하여 정치의 득실과 잘 다스려지고 못 다스려지는 이유의 근원을 알아야 하며, 또 반드시 실용의 학에 뜻을 두어서 옛 사람들이 세상을 경륜하고 민중을 구제했던 글들을 즐겨 읽어야 한다고 하였다. 다산은 이처럼 세상을 바로잡고 만민을 윤택하게 하고 만물을 번성하게 자라게 해야겠다는 뜻을 품은 뒤에야 비로소 올바른 독서군자가 될 수 있다고 생각했다. 실학자들은 이처럼 친애 민중적 관점에서 현실에 대한 올바른 인식과 이를 개혁하기 위한 방안 마련을 위한 독서를 강조했다.

4. 자기 성찰과 세계 인식을 위한 독서법

우리가 책 속에서 자기를 발전시킬 수 있는 지혜를 얻고, 나아가 남을 편안히 하며 현실을 타개할 수 있는 진리를 얻으려면 과연 어떠한 방법으로 책을 읽어야 하는가.

책을 제대로 읽기 위해서는 첫째, 무엇보다 먼저 올바른 문제의식을 느껴야 한다. 고기를 잡고자 그물을 치는 것과 마찬가지로, 우리는 책을 읽기 전에 올바른 시각과 문제의식이라는 그물망을 만들어 지혜의 바다로 던져야 한다. 그래야만 우리가 필요로 하는 경험과 지혜라는 고기가 잡힐 것이다. 몽둥이나 엉성한 그물로는 고기를 잡을 수 없는 것과 마찬가지로, 문제의식이 희미하거나 왜곡된 시각으로는 책 속에 담긴 의미를 제대로 파악하기 어렵다. 다산 정약용이 책을 읽는 사람은 먼저 나름의 주견(主見)을 가져야 한다고 할 때, 그것은 바로 우리가 말하는 문제의식과 다름이 아닐 것이다. 실학자들이 독서의 적은 사사로운 마음[私意]을 갖는 것이라고 하거나, 공부하는 사람은 백성을 이롭게 하고 만물을 윤택하게 하겠다는 지공무사(至公無私)한 마음을 가져야 한다고 한 말은 다 이러한 문맥에서 이해할 수 있다.

둘째로 독서를 효과적으로 하려면 정신을 집중시키는 정독(精讀)의 방법을 쓰는 것이 좋다. 정신이 한 곳으로 집중될 때 책이 깊게 읽히며 독서의 능률이 오르는 법이다. 우리가 책을 읽어도 그 내용이 잘 파악되지 않고 남는 것이 없는 것은 마음이 전일하지 않기 때문이다. 독서의 능률을 떨어뜨리는 것은 바로 이러한 들뜬 마음이다. 그런데 이러한 들뜬 마음을 없애기란 쉽지가 않아서 억지로 없애려고 하면 도리어 한 생각이 덧붙어서 더욱 어지럽게 되기 쉽다. 담헌(湛軒) 홍대용(洪大容)은 이러한 잡념을 없애려면 차분한 마음으로 등을 곧게 세우고 의취를 진작 발동시켜 한 글자 한 구절에 마음과 입이 서로 응하게 하면 들뜬 생각이 저도 모르는 사이에 자연스레 흩어진다고 했다. 이렇게 해도 마음이 전일해지지 않고 불평한 기운이 얽혀 있을 때는 책을 덮고 묵묵히 앉아서 눈을 감고, 마음을 배꼽의 중심에 집중하여 정신을 제자리에 돌아가도록 안정시킨다면 들뜬 생각이 그제야 복종하여 물러가게 된다는 것이다. 이처럼 책을 함부로 대강대강 읽는 남독(濫讀)의 방법을 취하지 않고 정독의 방법으로 책을 읽으면, 공부가 점점 무르익어 학문과 인격이 날로 나아갈 뿐만 아니라 마음조차 화평해지고 하는 일도 정밀하게 될 것이다. 셋째로 책을 읽을 때는 이치를 생각하는 궁구완색법(窮究玩索法)을 사용하는 것이 바람직하다. 공자는 일찍이 "배우되 생각하지 않으면 없어지기 쉽고, 생각만 하고 보편적인 학문 체계를 배우지 않으면 독단에 빠져 위태로워지게 된다."라고 하여 공부와 사색의 조화를 강조한 바가 있거니와 독서에서도 사색은 매우 중요하다. 책을 읽고 나서는 그것으로 모든 것이 끝났다고 자만해서는 안 되고, 책에서 얻은 지혜를 점점 발전시켜 자신과 현실의 제 문제를 해결하는 데 활용할 수 있도록 궁리하고 생각해야 한다. 의리는 무궁무진한 것이기 때문에 한 가지 책으로 만족해서는 안 되며, 끊임없는 탐구 정신으로 하나의 이치를 현실에 실천 적용할 뿐만 아니라 다른 문제를 해결하는 데에도 발전 적용해야 한다. 그러려면 반드시 책의 이치를 깊이 완색해서 완전히 자기의 것으로 소화해야 할 뿐만 아니라 여러 가지로 궁구해서 활용할 방안을 모색해야 한다. 담헌 홍대용은 보통 책을 거칠게 읽은 자는 자만에 빠져 의문이라는 것이 없는데, 이것은 사실 의문이나 문제가 없어서가 아니라 이치를 철저하게 궁구하고 사색하지 않는 탓이라고 하여 궁구완색의 중요성을 피력하였다. 또한 이는 독서에서뿐만이 아니고 생활에서도 마찬가지라고 하였다. 담헌은 독서의 본령은 옛글들을 읽어 거기에서 얻은 지혜를 어떻게 현실에 적용하고 변통하느냐에 달려 있다고 하였다.

"나는 일찍이 맹자의 '이의역지(以意逆志, 내 뜻으로 남의 뜻을 생각해 봄)'란 네 글자를 가지고 독서의 비결로 삼았다. 옛사람이 지은 글이 다만 의리나 일에 있어서만이 아니고 편법과 서두와 결어 등의 말단에 속하는 기법마저도 각각 그 뜻이 담기지 않은 것이 없으니, 이제 나의 뜻으로 옛사람의 뜻을 맞아들여서 융합하여 사이가 없고, 서로 기뻐하여 마음이 풀리면, 이것은 옛사람의 정신과 견식이 나의 마음을 통해 들어온 것이다. 비유컨대 굿거리를 하는 데 있어 신이 내려서 영(靈)이 몸에 붙으면 무당은 갑자기 환하게 깨달아 그것이 어디로 온 것인지 알지 못하는 것과 같다. 이처럼 문장 구절과 주석에 의지하거나 묵은 자취를 답습하지 않고 모든 변화를 자유자재로 처리하게 된다면 나도 또한 옛사람처럼 되는 것이다. 이처럼 책을 읽은 뒤에야 천교(天巧)를 얻을 수 있다."

요컨대 책을 읽을 때 자기의 주체적 시각과 문제의식으로 정신을 집중하는 정독의 방법으로 글 쓴 사람의 뜻을 완전히 파악해 책에 담겨 있는 정신과 지혜를 자기의 것으로 소화하는 독서법을 사용하는 것이 바람직하다는 것이다. 이것은 독서가 단지 책에 있는 지식과 정보를 이해하는 데 그치는 것이 아니라, 자기의 생각을 확장하고 현실 세계를 변화시키는 힘으로 작동하는 데까지 이르러야 함을 말하는 것이다. 이러한 독서야말로 '수동적 독서'가 아니라 '창의적인 독서'라 할 것이다. 이러한 독서법을 사용할 때 책 속에 담긴 진리로 자기가 자유로워질 수 있고, 현실의 제 문제를 해결하는 힘이 될 수 있을 것이다.

4부

변화하는 세상 살아가기

저항과 명상

나가서는 천하의 뜻 있는 선비들과 사귀고
집에 들어와서는 선현들의 경험과 지혜가 담긴 책을 읽는다.

경구警句

    무슨 일을 하려면 미리 마음의 준비를 하고 그 분야에 관한 공부를 해야 함은 두말할 필요가 없다. 그런데 일이란 것이 대개 사회관계망 속에서 이루어지는 경우가 많다. 그래서 먼저 그 일을 경험하거나 그 문제에 대해 지혜가 있는 선배나 친구들의 도움과 협력을 구하는 게 현명하다.

    문학과 예술처럼 개인의 창의적 상상력에 주로 의존하는 분야에서도 시대의 큰 조류를 형성하려면 뜻을 같이하는 이들과의 동인 활동, 같은 경향의 예술인과의 그룹 활동에 참여해야 하는 경우가 많다. 조선 후기의 피폐한 사회 현실을 개혁하려 했던 홍대용, 박지원, 박제가, 이덕무 같은 지식인은 '북학파' 그룹을 만들어 이용후생

학과 운동을 했고, 천수경, 장혼, 조수삼, 차좌일 같은 여항 시인들은 '송석원시사'를 결성해 중인층 문예 운동을 전개했다. 유유상종(類類相從)이고 동성상응(同聲相應)으로 자연스러운 현상이었다.

그런데 이런 그룹 활동과 조직 활동이 성공하려면 내재적 준비 작업과 끊임없는 성찰이 필수적이다. 기존의 역사적 사례에 대한 검토, 자기 그룹의 핵심적 가치와 정체성에 대한 공유, 구체적 실천에 대한 이론적 온축과 장단기적인 적정 전략, 동인과 동지 간의 인화와 의기투합이 요청된다. 이렇게 진행될 경우 이 문예 운동과 사회 활동은 성공할 가능성이 크다.

그러나 아무리 철저히 준비하였다 하더라도 문제는 발생하기 마련이며, 시간이 지날수록 초창기의 뜻과 열정은 조금씩 식어 가거나 자신감이 넘쳐 자만에 빠질 가능성이 있다.

더글러스는 그의 저서 《저항과 명상》에서 사회적 저항 활동(Resistance)을 태극의 '양(陽)'으로, 내재적 준비 작업인 명상(Contemplation)을 '음(陰)'으로 보아, 창조적이고 성공적인 활동은 음양의 조화에서 가능하다고 하였다. 선인들이 나가서는 뜻있는 벗들과 사귀며 의미 있는 일을 벌이고, 집에 들어와서는 인류의 지혜가 담긴 책을 읽으며 생각하라고 한 이유도 바로 이런 데 있을 것이다.

기억과 다짐

옛일을 잊지 않는 것은 뒷일의 길잡이가 되기 때문이다.

《전국책戰國策》

연암 박지원 선생은 일찍이 사람들은 세(勢)와 이(利)와 명(名)이 있는 곳으로 쏠린다고 하였다. 말하자면 권력 있고 돈 많고 명성 있는 자에게 사람이 꾄다는 것이다. 현실 세계는 그렇다. 그런데 노자는 '상선약수(上善若水)'라면서 낮은 곳으로 흐르라고 하였고, 장일순 선생께서는 '밑으로 기어라'라고 하면서 하심(下心)을 강조하였다. 권세와 이익과 명성을 추구하는 경향은 세속 사람만 그런 것은 아니다. 성스럽게 보이는 목사, 승려, 신부나, 진리와 정론을 탐구한다는 교수와 언론인, 민주화 운동을 하는 사회 운동가들에게서도 간간이 ─ 솔직히 말하면 자주 ─ 그런 모습을 발견한다. 그런데 종교인, 지식인, 운동가들이 조금 수양을 하면 권력과 부에 대한 욕망은 어느 정도 자제가 가능하지만, 끝까지 달라붙는 것은 '명성'

이 아닐까.

전쟁이 끝나면 전쟁 영웅의 기념비를 세우고, 독립과 민주화가 이루어지면 유명 독립 유공자와 민주화 운동가에 대한 상찬이 뒤따른다. 역사의 포폄(褒貶)은 당연하고 마땅한 일이다. 그런데 전쟁의 승리 뒤에는 이름 없는 병사들의 희생이 있었고, 역사에 기록된 독립 유공자와 보상을 받은 민주화 인사 외에도 이름이 알려지지 않는 많은 분이 있었음을 기억하는 것은 살아남은 이들이 잊지 말고 해야 할 의무이다.

고난의 한국 근현대사 고비마다 진리와 자유를 탐구하고 정의와 평화를 실천하려 했던 애국 학생들이 큰 활약을 해 왔음은 주지의 사실이다. 1929년 광주 학생 운동부터 가까이는 1987년 6월 민주 항쟁 가운데 희생된 박종철, 이한열 열사 같은 분들은 이미 교과서에 실릴 정도로 우리 겨레가 숭모하고 사랑하는 애국 인물로 각인되어 있다. 마땅하고 당연한 일이다.

그런데 이렇게 뚜렷한 족적을 남긴 인물도 당시의 역사 운동 속에서 존재했으며, 수많은 동료 학생과 국민의 지지와 성원 속에서 활동한 것 또한 사실이다. 최근에 11월 3일 광주 학생 운동 90주년 기념일에 즈음하여 이번에 각 대학 민주 동문회가 주축이 되어 유명한 민족 민주 동문은 물론, 그동안 잘 알려지지 않은 민족 민주 동문들을 발굴 조사하여, 그분들의 삶과 사상을 조명하고 추모하는 것은 온전한 한국 학생 운동사 및 민족 민주 운동사 서술을 위한 기초 작업이면서도 개인적으로 억울한 상황에서 많은 고초와 희생을 당한 학생들의 삶에 대한 존재 증명이 될 것이다.

아끼던 제자의
때 이른 죽음을 슬퍼하며

세월호 참사 6주기를 지내고 난 어제, 인하대 국어교육과에 부임하던 1992년에 만나 지금까지 사제 겸 동지로 지내오던 장원봉 박사(50세)의 갑작스러운 죽음 소식을 듣고 망연자실했다.

장 박사는 재학 시절 교사가 되기 위한 임용고사 준비를 하지 않고, 우리 사회의 빈곤과 실업 문제에 예민한 관심을 두고, 지도교수인 나와 진로 문제를 상의했다. 나는 평소 임용고사에 빨리 합격해서 교단에 나가는 것보다는 학생들로부터 존경받을 수 있는 인격과 실력을 충분히 쌓는 것이 중요하다고 말해 왔고, 국어교육과에 입학했다고 해서 꼭 국어교사가 될 필요가 없다고 이야기했다.

장 박사는 그때 한국학 대학원에 가서 자본주의의 비사회성을 극복하기 위한 이론적, 실천적 모색을 하기로 결심하고, 그 분야의 전문학자인 김경일 교수 문하에서 석사와 박사 학위 과정을 이수한다. 2005년에 제출한 학위 논문의 주제는 '사회적 경제의 대안적 개념 구성'에 관한 것이었다. 스웨덴, 독일, 영국, 이탈리아의 사회적 경제를 타산지석으로 삼아 한국의 사회적 경제에 대한 대안적 이념과 전망을 모색한 매우 실천적 문제의식이 강한 박사 논문이었다. 장 박사는 학위 취득 후 벨기에 대학 연구소에 가서 박사 후 연구를 하고 돌아와, 성공회대와 한신대에 출강하면서 사회적 협동조합과 지역 사회의 빈곤 실업 문제에 지속적인 관심을 가졌다.

나는 이렇게 치열한 문제의식을 가지고 정진하는 후학에게 내가 가지고 있던 사회과학책을 넘겨주고, 사회 조사를 하면서 의기가 투합해 부부가 되기로 결심을 한 이 멋진 젊은이들의 혼례에 주례를 서기도 했다.

장 박사는 결혼 후 노무현 민주 정부 시절 빈부 격차 해소를 위해 만든 '사회투자지원재단'에 들어가 자기의 꿈을 구체화할 기회를 얻는다. 장 박사는 사회적 경제에 대한 지속적인 이론 모색과 함께 구체적 현장 활동을 전개하여, 신필균 이사장과 김홍일 신부님을 모시고 재단의 사업을 총괄하는 상임이사를 맡았다. 그때 장 박사가 초창기의 재단이 안정될 때까지 나에게도 재단 이사를 맡아달라고 해서, 이 못난 스승도 3년간 식견 있는 이사들 틈에서 자리만 채우는 나이롱 이사를 하기도 했다.

장 박사는 대학 강의와 지방 조합에 대한 현장 조사와 협동 활동 등으로 쉴 틈이 없었다. 그래도 모교 후배를 위해 강의와 특강은 사양하지 않았다.

인하대 사회교육과에 강의도 나왔고, 3년 전에는 우리 국어교육과의 진로 지도 프로그램에 와서 선배로서 체험에서 우러나는 주제인 '나와 공동체'를 특강해 주기도 했다.

근년에 나는 장 박사를 만나지 못했고, 이메일로 보내 주는 〈사회지원재단 소식지〉를 통해 애제자의 열정적인 활동을 확인하고 흐뭇해했다.

오늘 오후 서울대병원 장례식장으로 조문 가서 장 박사 부인에게 들으니 암으로 투병하면서도 내게는 알리지 말라고 당부하였다는 말을 듣고, 무심했던 나 자신을 참회했다.

양극화가 심화되어 항상적 실업과 빈곤이 악순환되어 사회적 경제 대안이 절실히 필요한 이때, 이 분야의 소중한 인재 장 박사를 잃은 슬픔과 상실감이 너무나 크다.

인생 백 년 시대에 딱 절반인 50세에 갑작스럽게 귀천한 것이 안타깝기 짝이 없으나, 장 박사의 문제의식과 도전정신은 우리 가슴속에 살아남을 것이다.

힘들고 고생이 많았지만 멋진 도전정신으로 우리를 일깨워 준 장원봉 박사, 이제 그 무거운 짐은 우리에게 넘겨주시고 부디 평화롭게 안식하시라!

— 2020. 4. 18.

민족과 민중의 입장에서 역사를 바라보신 김용섭 선생님을 기리며

소생은 1970년에 대학에 입학하여 2학년을 마친 이듬해인 1972년에 해병대에 입대해 군 복무를 마치고 1975년도에 3학년으로 복학하였다.

그때 김용섭 선생님(이하 '선생님'으로 줄임)은 서울대 사학과를 떠나 연세대 사학과로 오셨다.

선생님의 학문적 목표는 식민 사관의 정체성 이론과 타율성 이론을 극복하고, 우리 역사의 자율적, 내재적 발전 논리를 규명하는 것이었다. 그런데 경성제대에 뿌리내린 식민 사학의 거두 이병도의 영향을 받은 교수들이 포진하고 있는 서울대 사학과에서는 이런 작업을 계속하기가 어려웠다. 선배 교수들이 노골적으로 '민족 사학을 그만하자'라고 협박하거나, 이병도처럼 일본 천리대학에 다녀오지 않겠느냐고 회유를 했다. 김용섭 회고록, 《역사의 오솔길을 걸으며》, 770~771면

선생님은 당시 그곳에서 도저히 식민 사학의 극복 작업이 힘들다고 판단하고, 연탄가스 사고로 별세한 민족 사학자 홍이섭 교수의 후임으로 연세대에 부임하셨다.

김용섭 선생님

　우리는 구세주를 만난 것이었다. 한국 근대사를 지배사적 시각이나 정태적으로 바라보지 않고, 기층 민중인 농민 입장에서 동태적으로 해명하시는 선생님의 강의는 유신 체제와 군부 독재하에서 괴로워하던 우리에게 가문 날에 시원한 소나기를 만난 격이었다.

　선생님의 강의를 듣고 나면 가슴이 뿌듯했고, 진리와 정의에 대한 용기가 솟아올랐다. 계속 공부를 하려는 학생들에게는 학자의 모범을 보여 주셨고, 사회 변혁 운동을 하려는 학생들에게는 친애 민중적 시각을 고취해 주셨다.

소생은 전공이 한국 사학이 아닌 한국문학이었지만 국문학을 민족 문학사적 시각과 민중적 관점으로 바라보는 역사적 안목을 가지게 된 것은 전적으로 선생님의 학문적 영향에 힘입은 것이라 할 수 있다. 소생의 졸저 《조선후기 한문학의 사회적 의미》1993, 《망양록 연구》2003, 《한국한문학의 현재적 의미》2008는 선생님의 학문적 자장 안에서 이루어졌다.

선생님께서는 우리에게 학문은 올바른 관점을 갖는 것이 중요하지만 실증적 자료와 논리에 근거해야 하며, 치열한 노력이 있어야 한다고 강조하셨다. 선생님은 실제로 1년 365일을 연구실에 나오셔서 연구하셨고, 우리 제자들의 질문과 고민을 언제나 진지하게 들어 주셨다.

이러한 학문적 열정과 제자 사랑이 쌓여 '김용섭 신화'가 탄생하게 된 것이다.

— 2020. 10. 21.

하늘의 운행은
잠시도 쉬지 않아

하늘의 운행은 잠시도 쉬지 않고, 부드러운 대지는 뭇 생명을 품어 길러 낸다.

《주역周易》

4월이 와 산천은 개나리와 진달래로 수놓아지는가 했더니, 어느 덧 만개한 벚꽃이 지고 철쭉의 계절이 되었다.

코로나19로 온 나라가 역병을 앓다가 의료진의 헌신적 노력과 시민의 자발적 거리 두기 실천, 지도자의 현명한 대처로 이제 서서히 안정기로 접어들어 일상의 회복도 멀지 않은 것 같다.

우리나라는 코로나 확진자가 10명 내외로 줄어드는 동안, 선진국이라고 자부하던 미국과 유럽의 확진자와 사망자가 폭증했다. 무리하게 올림픽을 개최하기 위해 진단도 제대로 하지 않고 은폐에 급급하던 아베의 왜국은 결국 의료 대란의 수렁으로 접어드는 것 같다.

이제 전 세계가 우리나라의 코로나 대처법에 주목하고, 한국의 진단 키트를 요청하는 실정이다. 세상은 변하고, 문명의 주도권도 교체되는 것인가.

이 와중에 집에서 거리 두기를 철저히 하라는 하늘의 뜻인지, 지난 3일 전등사 뒤 삼랑산성 비탈길에서 미끄러져 왼쪽 발목이 세 군데나 부러진 노처는 인하대병원에서 받은 접합 수술이 잘 되어 20일이 지난 오늘 실밥을 풀었다. 목발을 짚고 나들이가 가능하게 된 것이다. 4.15 총선 완승의 기쁨에 비할 바는 아니지만, 노처의 빠른 회복이 반갑다. 염려해 주신 분들의 따뜻한 관심에 깊이 감사드린다.

세계적인 코로나 팬데믹으로 파리에 살고 있는 두 딸도 프랑스 정부의 엄격한 자가 격리 조치 때문에 자유로운 외출이 금지되어 서로 오가지 못하다가, 어제 찬스가 생겨 에린이와 로에가 오랜만에 반갑게 만난 모양이다.

세상은 코로나로 홍역을 치르고 있지만, 아이들은 여전히 밝게 자라고 있다. 노처의 빠른 회복은 손녀들의 재롱과 웃음 때문이 아닐까.

그칠 줄 알면

인품과 능력을 겸비한 문재인 후보의 당선을 축하드린다. 제19대 문재인 대통령 앞에는 해결해야 할 대내외 문제들이 산적해 있다. 같이 일할 유능한 인재가 많이 필요하다. 다행히도 더불어민주당은 이번 선거 과정에서 당원이 혼연일체가 되었고 많은 인재가 모여들었다. 그런데 국가를 경영하는 데는 적재적소에 유능한 인재가 필요하다.

문재인 대통령은 물론 원내 제1당이자 이번 선거에서 공을 세운 더불어민주당의 인재들을 중용해야겠지만, 국가 경영에 필요하다면 당파와 지역, 계층과 성별을 넘어서서 천하의 인재를 찾아 등용할 필요가 있다. 이렇게 대통령이 함께 일할 인재풀을 넓히려면 먼저 더불어민주당 인사들이 기득권과 논공행상의 구태를 버리고 대통령이 개혁과 통합의 정치를 할 수 있도록 한걸음 물러서는 것이 요청된다. 문재인 대통령이 성공하기를 바라고 참으로 나라를 위한다면 선거 과정에서의 공적을 내세워 지분이나 직책을 요구하지 말고 깨끗하게 물러날 필요가 있다.

우리는 그동안 역대 정권이 권력을 잡은 뒤 논공행상으로 자리를 나눠 가지려고 다투거나 비전문가들을 국영기업과 공기업에 낙하산식으로 내리꽂는 행태를 너무 자주 봐 왔다. 이제 선거가 끝나고 승리를 했으니만큼 그것으로 만족하고 순수한 초심으로 돌아가 각자의 자리에서 촛불 시민 혁명을 완수했으면 한다.

소생도 이번 선거 과정에서 인천선대위 공동위원장을 맡았고, 문재인 대통령과 참모 국회의원과의 인연도 있지만 깨끗하게 본래의 자리인 학교로 돌아간다.

그칠 줄 알면 위태롭지 않고, 만족할 줄 알면 욕을 당하지 않는 법이다.

_ 2017. 5. 9.

공을 세우고
거기에 머물지 않는다

어제(2020. 5. 4.) 이명박근혜 정권하에서 망가진 MBC를 취임 2년 5개월 만에 시청률 1위로 올려 정상화한 최승호 사장이 뉴스타파 PD로 복귀했다는 소식을 듣고 신선한 충격을 받았다.

어떻게 하면 권력과 지위를 더 누려 볼까 궁리하는 요즘 세태에, 높은 자리에 안주하지 않고 "한 사람의 저널리스트로서 역할을 다하기 위해 뉴스타파로 돌아왔다."라고 복귀 소감을 밝힌 최승호 PD는 노자가 말하는 '공을 세우고 거기에 머물지 않는다(功成而不居)'를 실천한 인물임이 틀림없다.

작년 검찰개혁과 공수처 설치를 외치며 서초동 검찰청사 네거리와 여의도 국회 앞에서 백만 시민이 집회했을 때, 공중파 방송으로는 최승호 사장이 이끄는 MBC만이 제대로 현장 보도를 했다.

최승호 사장은 이명박근혜의 몰상식하고 파렴치한 부패 무능 정권하에서 멀쩡한 서울시 공무원을 간첩으로 조작한 사건을 〈자백〉이라는 다큐멘터리 영화로 만들어 고발했고, MBC를 정권의 나팔수로 만든 흑막을 파헤친 다큐멘터리 〈공범자들〉을 만든 감독이기도

하다.

나는 이 용기 있는 저널리스트를 끊임없이 성원했고, 2016년 5월 24일 인하대에도 모셔 강연도 들었다. 강연회를 마치고 뒤풀이 자리에서 최승호 PD의 아드님이 우리 국어교육과를 졸업했다는 사실도 알게 되었다.

그 뒤 최승호 PD는 김기춘 같은 서슬이 시퍼런 권력자를 쫓아다니며 간첩 조작의 책임을 묻는 〈자백〉과 MBC를 박근혜 홍보 방송으로 만든 김재철을 비롯한 〈공범자들〉을 다큐멘터리 영화로 만들어 시사회에 나를 초청했다.

나도 끊임없이 어려운 상황 속에서도 독립적이고 양심적인 탐사 저널리즘을 추구하는 최승호 PD를 성원했다.

이제 촛불혁명을 이룬 민주 시민의 자율적 참여과 문재인 정부의 기민한 리더십으로 코로나 방역의 모범국이 되고, 4.15 국회의원 선거도 민주당 압승으로 끝났다. 그러나 검찰개혁에 이은 또 다른 적폐 세력인 편향적 신문과 왜곡 편향 방송의 청산은 미완의 과제로 남아 있다.

이러한 때 우리 최승호 사장의 뉴스타파 PD로의 복귀는 언론인의 정도가 무엇인지를 보여 주는 청량한 소식이 아닐 수 없다.

최승호 PD, 힘내시라!

민주 시민들이 끝까지 함께할 것이다.

가난 타령

한국에 있을 때 특별한 일이 없으면 해 질 무렵에 노처와 함께 늘 안양천을 거닐었다. 어느 날 저녁 산책을 하다가 처가 현대백화점 옆에 들어선 현대 하이페리온과 삼성 트라팰리스의 초고층 부자 동네 아파트를 바라보면서 실없는 질문을 던졌다.

"우리가 왜 죽는 것을 두려워하지 않고, 이번 생애에 큰 미련이 없는지 알아?"

나는 내심 교육자 생활이 화려하지는 않았지만 정년퇴직까지 큰 탈 없이 안정되게 지냈고, 아이들도 성가해 우리 도리는 어느 정도 끝마쳐서 이런 소리를 하나 싶었다. 처는 툭하면 '나는 아무것도 바라지 않는다. 나는 아무것도 두렵지 않다. 나는 자유다'라는 카잔차키스의 묘지명을 염불처럼 외곤 했다. 이런 생각을 하며 뜸을 들이고 있는데 곧바로 나의 예상과는 다른 자문자답이 들려왔다.

"우리가 가난해서 그런 거야!"라는 좀 충격적인 돌직구가 날라와 내 뒤통수를 때렸다.

내가 공자의 제자 안연 같은 현인은 못 되지만 늘 '안빈낙도(安貧樂

道)'를 마음에 품어 왔고, 간디처럼 자발적 가난을 실천하려는 생각은 있었다. 그런데 막상 살림을 전담해 온 처로부터 '우린 가난하다'라는 선언을 듣는 순간 내 자존심은 여지없이 구겨졌다.

아, 그랬던가? 나 혼자 현대판 선비로 독서학인인 체하며 대책 없이 책을 사고, 가난한 이들의 선량한 벗인 양 여기저기 선심을 쓰고, 돈이 조금 모이면 여행이나 다니고……. 그러다 보니 처의 통장은 늘 비어 있었던 모양이다.

이어서 처는 충격을 받고 정신이 혼미해져 있는 내게 결론을 말했다.

"나도 비상금이 필요하다. 얼마(?)를 만들어 달라. 불쌍한 이웃이 당신 가까이에도 한 명 있다!"

재작년 여름 내가 일찍 귀국한 뒤, 여름방학 내내 손녀를 돌봐준 엄마가 고맙다고 큰딸이 생말로와 몽생미셸 당일 투어를 보내 주었을 때, 처는 여행 중에 발을 헛디뎌 넘어져서 오른팔이 부러졌다. 인천공항에 마중을 나가 보니 오른팔에 깁스를 하고 있었다. 귀국한 처가 그때부터 비상금 타령을 하기 시작했다. 평소에 돈이 부족하면 카드론을 하면 되지만 아파서 병원에 입원했을 때 간병인에게는 현금을 줘야 하기 때문에 비상금이 필요하다는 것이다.

맞는 말씀이었다. 물정을 모른 내 죄가 크고, 앞으로 잘하겠다 그리고 2년 안에 당신이 원하는 액수를 당신 통장에 채워 놓겠다고 약속했다. 내 알량한 인기와 체면 유지를 위해 그동안 방만하게 벌여

놓았던 기부금 납부처도 몇 곳으로 줄이고, 많지 않은 연금과 강의료, 인세 등을 아껴 꼬박꼬박 모아, 올여름이 지나면 약속을 지킬 수 있을 것 같다.

갑자기 예전에 들은 슬픈 우스개 이야기 하나가 생각났다.

집도 없이 떠돌며 동냥을 해서 먹고사는 거지 부자가 어느 마을을 지나가는데 마침 마을 부잣집에 불이 났다. 그때 오랜만에 거지 아빠는 아들에게 큰소리로 자랑스럽게 말했다.

"봐라, 우리는 집이 없으니 저렇게 불이 날 걱정이 없지 않으냐?"

가난도 철이 나면 길이 든다고 했던가.

사람을 사람으로 대하는 사회

요즘 코로나19 때문에 귀한 생명이 희생되고, 투병과 방역 활동으로 고생이 많다. 졸업식을 비롯한 여러 행사와 모임이 취소되고, 여행도 자제하는 것 같다. 안타깝다. 빨리 이 역병이 치유되어 사태가 진정되고, 일상생활로 되돌아갈 수 있기를 바란다.

밖에서 이번 사태를 지켜보면서 우리 사회가 조금씩 성숙해 간다는 느낌이 들었다. 냄비 언론의 사려 없고 과장된 보도와 일부 몰지각한 파당의 선동 때문에 초기에는 피해 의식과 지역 차별이라는 오해를 하여 대부분이 우리 유학생인 우한 교민의 역내 시설 수용에 거부 반응을 보이기도 했던 아산 진천 주민들도 결국 인도주의적 입장을 취하셨고, 수용된 우한 동포들이 빨리 회복해서 돌아가시라는 너그러운 마음을 보여 주셨다. 참으로 감사하고 존경스러웠다.

그에 비하면 역병의 실체가 드러나지 않는 초기 단계에서 사태를 과장하고 대응 실패로 몰아가는 편향적 언론과 오랜만에 반격의 소재를 만났다는 듯이 중국인 입국 금지와 마스크 지원 중단을 선동하는 몰지각한 정상배들의 행태는 참으로 저열하다 하지 않을 수 없다.

이제 우리 사회는 자발적인 촛불시민혁명을 거치면서 조중동으로 대표되는 수구 언론의 프레임에서 벗어나, 잘못된 정보를 시민의 자발적인 SNS에서 검증하고 참된 시민 여론을 형성하는 수준에 이르렀다. 그래서 경중을 가릴 줄 모르는 불공정한 수사와 무리한 기소 남발로 스스로 개혁 대상임을 확인시켜 준 검찰 권력, 정파의 이익 때문에 미국의 얼토당토않은 무리한 방위비 증액 요구와 식민지 지배의 잘못을 덮어버리고 적반하장격으로 덤벼드는 아베 정권에 대해서는 꿀 먹은 벙어리 행세를 하면서, 촛불혁명의 결과로 들어선 민주 정부에 대해서는 사사건건 발목을 잡아 개혁과 민생 입법을 저지시키려고 했고, 이번 코로나19 사태에서도 국민의 불안을 선동한 정상배들의 실체를 알게 되었다. 박래군 소장(인권재단 사람)의 지적대로 코로나19 퇴치도 중요하지만, 사람을 사람으로 대하지 않으려는 '혐오 바이러스'를 유포시키는 사람과 집단의 퇴출도 절실히 요청된다.

손녀들과 지낸 이번 겨울의 파리 생활을 마감하고, 오늘 저녁 귀국길에 올라 내일 오후에 인천공항에 도착한다. 이제 만 8개월이 되어 웃고 기어 다니기 시작하는 로에와 더 오래 지내고 싶기도 하지만, 조국에서 고생하고 수고하는 분들을 생각하면 마음이 편치 않아 좀 일찍 들어가기로 했다. 도시 자체가 아름답고, 저류에는 아직도 혁명의 기운이 살아 있는 파리에서 손녀들과 지내는 생활도 즐거웠다. 그러나 모국어로 생활할 수 있고 이 시대와 부대끼며 함께 살아가는 벗들이 있는 '우리나라'로 돌아가는 것도 기쁘다.

모든 것은 지나간다. 즐거운 시간도, 힘든 시간도 센강처럼 흘러간다. 메르스도 지나갔듯이 이번 코로나19 사태도 곧 지나갈 것이다. 이제는 사태 파악과 대응책도 수립돼 있으니, 좀 차분하게 일상생활을 했으면 좋겠다.

어제 이곳 메트로를 타고 파리 북역과 동역을 지나가는데 아무도 마스크를 하지 않았고, 동양인인 나를 피하지도 않았다. 학술회의 차 미국에 갔던 분이 어제 뉴욕 공항에서 귀국하는데, 공항 로비에 마스크를 쓴 사람이 보이지 않았다고 전했다. 오늘 저녁 드골 공항도 아마 그럴 것이다.

이웃 나라 사람도 편견과 차별 없이 사람으로 대하고, 어려울 때일수록 더욱 차분하고 평상심을 가지고 일상성을 유지하는 것이 필요하지 않겠는가.

— 2020. 2. 6.

백사마을 연탄 나르기

파리에서 돌아와 첫 번째로 한 일이 서울시 노원구 중계동 백사마을에 가서 벗들과 함께 연탄 1,500장을 나누는 것이었다.

2019년 가을 숙명여대에서 작가와 시민을 위한 한문 강의를 마칠 때, 김응교 선생께서 매년 설날 뒤 겨울 난방용 연탄이 떨어질 즈음 산비탈 마을에 가서 같이 공부하는 분들과 함께 연탄 나르기를 한다는 이야기를 듣고, 나도 함께해야겠다는 마음을 먹었다.

김응교 선생이 윤동주와 김수영 시를 비롯한 작가들의 삶과 시 세계를 대중에게 알기 쉽게 강의하면서 맺은 좋은 인연들이 60여 분 모였다.

박학, 심문, 신사, 명변하는 것으로는 부족하고 돈독한 실행이 필수적이다. 지혜의 길과 자비의 길을 병행하지 않은 삶은 불완전하다.

연말연시에 장만한 연탄이 떨어질 때 이렇게 연탄을 나르는 초등학생, 중고생, 대학생, 시민들이 각자 능력에 맞게 연탄을 지게에 지고 텅 빈 연탄광을 채우는 모습이 아름다워 보였다. 여러 사람이 힘

백사마을 연탄 나르기

을 합하니 제법 높게 쌓였던 연탄도 두 시간 안에 다 날랐다.

　'가난 구제는 나라님도 못 한다'라는 옛말은 반은 맞고 반은 틀렸다. 덕으로 다스리는 인정(仁政)을 행할 때 먼저 홀아비, 과부, 고아, 독거노인부터 시행하라는 말이 있는 것처럼, 긴급한 복지 문제는 우선 정치가 감당해야 한다. 그러나 그런 대책을 행하더라도 부족한 부분은 이웃과 공동체가 감당할 수밖에 없다. 행정의 빈틈을 메워주고 정서적 지원과 사랑의 연대를 하는 것은 역시 민간의 몫이다.

　익숙하지 않은 지게를 지고 언덕길을 오르내리며 연탄을 나른 모

든 벗에게 감사드리고, 이런 일을 주선한 김응교 선생과 연탄 기금
마련에 동참한 아름다운 손길들에 존경의 마음을 전한다.

널리 베풀고 민중을 구제하라(博施濟衆)!

《논어論語》

안산자락을 걷고
동학을 만나다

강화도 전등사 뒤 성곽길을 걷다가 미끄러져 발목을 다친 노처가 접합 수술을 한 지 한 달이 되었다. 경과가 좋아 지난주에 실밥을 풀고 이젠 목발을 짚고 실내를 다닐 수 있을 정도이다. 지난 한 달 동안 이 몸은 좀 바빴다. 왼발에 깁스를 한 환자를 간병하랴 거동이 불편한 처 대신 집안 살림하랴 쉴 틈이 없었다. 왜 이리 식사 때는 빨리 오는지. 아침 먹은 것을 설거지하고 책을 조금 보고 있으면 점심 준비를 해야 하고, 점심 먹고 돌아서면 저녁때가 되었다. 수시로 청소하고 빨래도 해야 하고, 노처가 좋아하는 빵도 사야 하고 슈퍼에 가서 장도 봐야 하고 잠시도 쉴 틈이 없다.

와, 주부의 일은 한도 없고 끝도 없다. 대체 불가능한 엄청난 프로 주부의 세계를 그동안 내가 너무 경시하고 우습게 생각했구나 하는 성찰과 반성을 뼈저리게 했다.

그러나 한 달쯤이 되자 노처를 애인처럼 공경하자는 '경처애인(敬妻愛人)'의 다짐이 조금씩 느슨해지고, 약간의 짜증과 귀차니즘이 내 안에서 스멀스멀 꿈틀거리는 것을 느꼈다.

안산자락 메타세쿼이아 숲

안 된다. 참자. 지금 이러면 그동안 쌓은 공든 탑이 무너진다. 돌파구를 찾아야겠다고 마음을 먹고 있는데, 문득 얼마 전 정종훈 후배님이 안산자락을 거니는 모습을 페이스북에 올린 것이 생각났다.

옳다. 자가 격리된 집안과 쳇바퀴 도는 집 주위의 생활권을 탈출하자는 생각을 실행하자. 오늘은 안산자락이다.

이렇게 마음을 먹고 6시에 일어나 간단히 요기한 뒤, 노처를 위해 식탁에 빵과 우유, 달걀과 과일을 차려놓고 지하철을 공짜로 타고 신촌역에 내렸다. 토요일의 이른 아침이라 연세로는 한가했다. 백양로를 따라 올라가다가 이한열 동산에 들러 노수석 열사와 이한열 열사 기념비를 돌아보고, 윤동주 시비를 지나 안산자락으로 올라갔다. 작년에 연민동 선후배님들과 독립문 쪽에서 올라와 북쪽 면을 따라 걷다가 서대문구청 쪽으로 내려간 적이 있다. 그래서 오늘은 안산자락 남면을 따라 독립문 방향으로 걷다가 돌아올 때는 연희동 쪽으로 펼쳐져 있는 메타세쿼이아 숲으로 난 잔도를 걸었다. 이른 아침이라 사람도 적고 공기도 상쾌했다.

자의 반, 타의 반의 자가 봉쇄 조치에서 벗어나 이렇게 시원하게 뻗은 나무 숲길을 걸으니, 협량한 내 마음속에서 스멀스멀 기어오르려고 하던 짜증과 귀차니즘이 어느 틈엔가 사라졌다.

콧노래를 부르며 모교 교정 쪽으로 하산했다. 상경관 옆을 지나다가, 문득 3층에 연구실이 있는 홍성찬 교수가 토요일인 오늘도 공부하러 나왔나 하는 호기심이 발동해서 느닷없이 올라갔다. 이번 1학기를 마치고 정년퇴직을 하는 홍 교수는 김용섭 선생님의 제자답게 일 년 365일 중 365일을 연구실에서 산다.

스승의 뒤를 이어 평생 한국 근현대 농업 경제사를 연구해 온 홍성찬 교수는 1975년 나와 함께 김용섭 교수님의 한국 근대사 강의를 듣고 경제사를 공부하기로 발심했다. 홍 교수는 1973학번으로 나보다 3년 후배이지만 학문적 성실성과 끈기는 내가 따라갈 수가 없었다. 말하자면 같이 공부한 동학이면서 나를 일깨워 준 또 다른 스승인 셈이었다.

오늘 느닷없이 연구실을 방문했지만 언제나 그랬듯이 청주 양반답게 넉넉한 웃음으로 맞아주었다. '자유 교양 50년사'를 편찬하면서 만난 독서 동아리의 경제학과 재학생에게 들으니, 홍 교수는 이미 학생들에게 엄청 '존경받는 학자'가 되었다고 했다. 정년을 맞이하는 홍 교수의 건강과 학운을 빈다.

사람에 대한 평가

그 사람의 행동을 보고, 그 행위의 동기를 관찰하고, 그 사람이 어디에 만족하는지를 살펴보면 그 사람의 규모를 알 수 있다. 사람이 어찌 자기 자신을 숨길 수가 있겠는가.

《논어論語》〈위정爲政〉

사람을 평가하는 것은 쉬운 일이 아니다. 그 사람을 직접 보았다 하더라도 그 경험은 전체 생애의 일부분에 불과할 수 있고, 역사 기록과 신문 기사라 하더라도 정보가 쓰인 입장과 관점에 따라 편향적일 수 있기 때문이다. 그래서 어떤 평전 작가는 대상 인물에 관한 자료를 수합해 놓고도 살아 있을 때는 평전을 집필하지 않는다는 원칙이 있다고 하였다.

우리 인간은 다른 사람과 화제 인물에 대한 궁금증 때문에 그 사람은 어떤 사람일까 하는 질문을 던지고, 역사가들은 당대 중요 인물에 대해 칭송과 폄하를 가한다. 《사기》를 쓴 사마천도 역대 왕조의 흥망성쇠를 기록한 〈본기本紀〉와 함께 당시에 활약한 인물에 관한 〈전傳〉을 쓴 뒤 '태사공왈(太史公曰)'로 시작하는 자신의 역사적 인물에 대한 평가[褒貶]을 내렸다.

그런데 만세사표(萬世師表)로 일컬어지는 공자도 제자와 당대 인물에 대해 평하기를 좋아했다. 자기가 총애하는 어린 제자 안연에 관해서는 칭찬 일변도의 평을 하고, 매사에 나서기를 좋아하는 자로를 두고는 '제명에 죽지 못할 놈'이라는 험한 악담을 하는 등 수시로 제자들과 당대 위정자에 대한 인물평을 하였다.

공자는 기본적으로 사람을 군자와 소인 두 부류로 나누었다. 군자는 사회 정의에 관심을 두고 수기치인(修己治人)의 길을 가는 사람과 어울리는 성숙한 인간이고, 소인은 목전의 이익만 밝히고 끼리끼리 파당을 짓는 자기중심적 인간 부류를 말한다. 공자는 참으로 좋은 사람은 선한 사람이 좋아할 뿐만 아니라 나쁜 사람이 미워하는, 그런 분명한 사람이라고 하였고, 겉으로는 군자연하는 모습을 보이지만 실제 생활을 할 때는 위선적인 모습을 보이는 사이비 인간인 '향원은 덕의 적(鄕愿, 德之敵)'이라고 하였다.

평생 덕치주의의 실현을 위해 노력한 공자는 진정으로 사람을 사랑하는 인(仁)을 실천하는 경지에 올라 있었기 때문에 당대 인물들에 대한 평가에 대체로 수긍하는 편이었고, 후대에도 공자의 인물평은 많은 영향을 끼쳤다.

그러나 자기가 사는 처지와 환경에 영향을 받고 당파성에 따라 움직이는 범인에 관한 인물평은 공감보다는 반감이 들 때가 많다. 확실한 물증이나 정보 제시 없이 정략적으로 한 가족을 흠집 내는데 부화뇌동한 편향적인 언론 매체들이 평생을 시민운동을 위해 헌신한 인권 변호사의 죽음을 두고, 어느 일방의 문제 제기가 진실의 전부인 양 침소봉대하고 있는 것을 보고 곡필이 어떻게 사태를 호도하는가를 생생히 목격한다. 그들은 이미 '실사구시 정신에 입각한 실체적 진실 추구'라는 언론의 정도와는 정반대의 길을 가고 있고, 이 '기레기들'의 편파 보도와 왜곡된 평가로 한 인물의 존엄과 역사적 성취는 여지없이 훼손되고 있다. 한 인물에 대한 평가가 공정하려면 위에서 공자가 말하였듯이 그 행동의 동기와 배경, 구체적 행적, 그가 지향한 목표 등에 대한 종합적 고려가 필요할 터인데, 지금 세태는 너무 성급하게 한 인물을 일방적으로 매도하고 폄훼하고 있는 것은 아닐까.

하느님은 진실을 아시지만 현명하게도 때를 기다리는 것 같다.

바르고 고운 우리말

말은 현상을 규정할 뿐만 아니라 규정된 개념으로 새로운 현실을 창조하기도 한다. 지난주에 한글날을 보내면서, 세종대왕이 구어로 쓰는 우리말과 당시까지 문자로 쓰던 중국 한문 사이의 불일치를 해결한 점이 새삼스레 감사하다는 생각이 들었다. 우리말의 어순은 '주어-목적어-술어' 순서지만, 중국어는 '주어-술어-목적어' 순이어서 우리말을 한문으로 옮기자면 머릿속에서 번역 과정을 거쳐야 하는 불편함이 있었다. 세종대왕의 한글 창제는 언문 불일치의 오랜 숙제를 일거에 해소하고, 글을 지배층의 전유물에서 여성과 민초에게 보편화시킨 '지(知)의 혁명'이라는 역사적 사건이었다.

독자적인 한글 문자의 사용은 대내적으로 민중의 지적 해방이라는 획기적 의미가 있고, 대외적으로는 당시 중세 보편주의적인 한자 문명과 주체적 한글 문명을 통합하여 조화시켜 새로운 조선의 융합 문명을 꽃피울 수 있는 기반을 확보하게 된 문명사적 사건이었다. 세종대왕은 당시 친중 사대주의자의 저항과 반대를 물리치고 한글을 창제했지만, 한글의 현실 적합성과 효용성의 제고를 위해

유가 경전과 불경을 한글로 번역하고 〈용비어천가〉와 〈월인천강지곡〉 같은 짧은 시가를 지어 한글을 갈고 다듬는다. 처음부터 한글로 창작을 하는 모험을 택하지 않고 우선 번역을 통해 문자를 조탁하고, 입으로 전해 오던 옛 노래를 한글로 정착시키는 작업을 한 것이다. 이른바 사서삼경 언해, 능엄경 언해, 두시 언해 같은 언해 작업과 고려 속요를 비롯한 옛 노래를 한글로 정착시키는 구악 정리가 그것이다.

그러나 세종이 한글을 창제하였음에도 일반 사대부들은 여전히 한문 사용의 관습에 젖어 있었다. 그러나 사대부 중에도 친애 민중적인 지식인들은 한글 시가를 짓고, 여성과 서민은 한글 가사와 언간, 한글 일기와 문건, 국문 소설을 쓰고 유통해 왔다. 한글을 지키고 발전시킨 데 여성과 문인의 공은 절대적이었다. 셰익스피어와 괴테가 촌뜨기 말인 영어와 독어를 문화 언어로 발전시켰듯이, 우리나라에도 윤선도, 정철, 박인로 등의 걸출한 전통 문인들이 한글을 조탁해 왔고, 최초의 한글 소설인 허균의《홍길동전》과《춘향가》를 비롯한 판소리계 소설, 일제 강점기 홍명희의《임꺽정》, 김소월과 정지용의 시들은 한글의 아름다움을 최고 수준으로 발현했다.

이제 우리나라는 한자 문명과 한글 문명의 통합을 이룩한 제1차 문명사적 전환을 거쳐, 서양의 근대 문명과 주체적 한글 문명의 융합이라는 제2차 문명사적 전환을 겪으며, 지금 '디지털 혁명' 시대를 통과하는 중이다. 이 디지털 시대에 와서 '한글'의 편리함과 과학성이 입증되고 있다. 다만 세계의 인터넷 환경이 영어로 구축되어 있어 그렇기는 하겠지만, 최근 들어 우리말을 기피하고 무분별하게 외래어를 사용하는 경향은 우려된다. 우리말로의 전환이 불가능한 경우는 어쩔 수 없겠지만, 바르고 고운 우리말을 적극적으로 찾아 내고 새롭게 만드는 노력이 좀 더 필요하지 않을까 싶다.

타락한 권력자의
추한 뒷모습

《맹자》를 보면 춘추 전국 시대 제후인 제선왕(齊宣王)과 '백성과 함께 즐거워하기(與民同樂)'를 강조한 민본 사상가 맹자와의 흥미로운 대화가 나온다. 제선왕이, 신하였던 탕(湯)과 무(武)가 당시 임금이었던 하(夏)나라 걸왕(桀王)과 상(商)나라 주왕(紂王)을 시해한 사건의 정당성에 관해 질문한다. 그러자 맹자는 인(仁)을 해치는 자는 적(賊)이라고 하고 의(義)를 해치는 자를 잔(殘)이라고 부른다면서, 이렇게 인의를 해치는 왕은 한갓 필부(匹夫)에 불과하다고 말한다. 그러므로 탕과 무가 걸주(桀紂) 같은 폭군을 제거한 것은 신하가 임금을 시해한 사건이 아니라 못된 한 인간을 주살한 사건이라는 것이다. 당시 봉건 사회에서 왕이라 하더라도 민심을 배반하고 권력을 함부로 휘두르면 제거할 수 있다는 민중의 저항권과 역성혁명의 논리를 당당하게 설파한 맹자의 호연지기가 놀랍다.

오늘날 민주주의 시대에 국민의 투표로 선출된 대통령의 임기는 어지간하면 보장된다. 그런데 트럼프는 함부로 국제 협약을 깨트리고, 흑인을 살인한 경찰을 공권력의 정당한 행사라고 두둔하고, 코로나19 확진자가 천만 명을 넘어서고 사망자가 23만 명에 달해도 자기 책임이 아니라며 적반하장격으로 방역 책임자를 비난하는 뻔뻔한 행동을 해도 탄핵당하지 않았다. 그런 면에서 국정 농단과 국정 교과서 획책, 세월호 참사로 억울하게 숨진 삼백여 분의 희생에 대해 준열한 책임을 물어, 피 한 방울 흘리지 않고 촛불 시민 혁명을 통해 헌법재판소의 '대통령 탄핵 용인' 결정을 끌어내고 새로운 민주 정부를 세운 것은 참으로 대단하다고 생각한다.

지난 11월 3일에 실시된 미국 대통령 선거를 통해 드디어 세계적인 두통거리 트럼프에 대한 심판이 이루어지고, 미국 46대 대통령으로 바이든이 당선되었다. 그런데도 미국의 주류 백인과 기독교 보수주의를 등에 업고, 몰상식한 인종 차별 정책과 부자 감세 같은 가진 자 위주의 경기 부양 정책, 미국 우선주의 등을 통해 수구 보수층을 결집해 정권을 재연장하려는 트럼프의 야심은 코로나19 대응 실패와 미국의 양식 있는 민주 시민의 적극적인 선거 참여로 좌절되었다. 우편 투표 집계가 늦어져 펜실베이니아와 조지아주 투표가 바이든의 우세로 판명되면서 승패가 확실히 판가름 났다.

그럼에도 트럼프는 흔쾌하게 패배를 인정하고 승자에게 축하를 보내기는커녕 트위터를 통해 부정으로 승리를 훔쳐 갔다고 불복하면서, 법정 소송을 이어 갈 것을 고집부리고 있다. 미국의 모든 언론은 물론, 가족과 백악관 참모 그리고 공화당 출신의 전 부시 대통령마저 패배를 인정하라고 충고하였음에도 끝까지 추한 똥고집을 부리며 버티고 있다.

임기 내내 무모한 4대강 사업, 자원 외교, 방위 산업 등을 벌이면서 부정을 저질러 대법원 최종 판결에서 징역 17년을 선고받은 이명박 씨도 "법치가 무너졌다. 나라의 미래가 걱정된다."라면서 "진실은 반드시 밝혀질 것"이라고 뇌까렸다고 한다. 민심을 외면하고 대통령 직위를 이용하여 무모하고 파렴치한 짓을 서슴지 않던 타락한 권력자의 추한 뒷모습이 어쩌면 이리 닮았는가.

정의의 저울과 무법의 칼

그리스 로마 신화에 나오는 정의의 여신 디케(Dike)는 왼손에 저울을, 오른손에 칼을 들고 있다. 저울은 법 적용의 형평성을, 칼은 정의로운 법 집행을 상징하는 것이다. 우리나라 대법원에도 디케의 여신상이 설치되어 있는데, 원래 신화와는 달리 오른손에 저울을, 왼손에 법전을 들고 있고, 신화에서처럼 가리개를 하지 않고 눈을 뜨고 있다. 이런 디케 조각상의 변형이 별로 대수롭지 않은 것처럼 보이지만, 요즘 검찰총장과 대법원장이 하는 짓을 보면 의도적인 왜곡이 아니었을까 하는 의심이 든다.

정의의 여신 디케가 왼손을 높여서 저울을 든 것은 밝음과 생명의 영역인 왼쪽을 중시해서 정의와 균형의 상징인 저울을 배치한 것이고, 오른손에 칼을 든 것은 말과 순리로 해결이 되지 않을 때 부득이하게 강제적인 법 집행을 하겠다는 의미가 아닐까. 디케가 눈을 감고 있는 것은 사람의 빈부와 귀천을 보지 않고 편견과 사심 없이 공정하게 대하겠다는 의미일 것이다. 노자도 이런 말을 했다.

무릇 병기(兵器)란 상서롭지 못한 것이어서 모든 이가 싫어한다. 그러므로 도를 따르는 자는 그것을 사용하지 아니한다. 군자는 평상시에는 밝음과 생명의 영역인 왼쪽을 높이고, 전쟁할 때는 어둠과 죽음의 영역인 오른쪽을 높인다. 병기는 상서롭지 못한 기물이어서 군자의 기물이 아니다. 어쩔 수 없어서 그것을 쓸 때도 초연하고 담담하게 쓰는 것이 제일 좋다. 승리하고도 그것을 아름답게 여기지 않는다. 만일 그것을 아름답게 여긴다면 살인을 즐기는 꼴이 된다. 무릇 살인하기를 좋아하는 자는 천하에 뜻을 얻을 수 없다.

《노자老子》 31장

그런데 우리나라 법조계의 디케상은 왼손에 법전을 쥐여 줌으로써 소위 '사시오패스'를 통해 임용된 검찰과 법관이 이현령비현령 그들 마음대로 법을 적용하고 집행할 특권을 행사하고, 눈을 부릅뜨고 권력과 재력의 풍향을 살피면서 피고인이 선임한 변호인이 자기와 인맥이 있는 전관인가 아닌가를 계산한다. 검찰은 칼을 들고 법관은 법전을 끼고, 자기의 이익과 조직의 권력 확대에 두 눈을 부릅뜨고 있다.

만물이 극성하면 쇠퇴하고 달이 꽉 차면 기울기 시작하듯이, "옳고 그름을 떠나서 검사는 조직의 뜻을 따라야 한다."라고 주장하며 무소불위의 검찰권을 행사한 윤석열 검찰총장도 이제 국민의 거센 저항과 징계에 직면해 있다. 12월 초에 7천 명의 교수 연구자 네트워크에서 〈검찰개혁은 역사의 준엄한 명령이다!〉란 성명서를 발표하고, 뒤이어 우리나라의 양심이라고 할 수 있는 천주교 신부와 수녀들이 〈천주교 사제 수도자 3,951인 선언〉을 발표하였다. 교수들은 무소불위한 권한을 행사하며 정치화된 검찰 권력을 견제하기 위해서 수사권과 기소권의 분리, 공수처 설치와 검경 수사권 조정 등 권력의 분산이 필요함을 역설하였다. 그리고 천주교 수도자들도 검찰개혁의 가장 큰 걸림돌인 윤석열 총장의 참회를 촉구하고, 검찰의 분별없는 폭주를 견제하기는커녕 '검언유착' 단계를 넘어 '검언일체'의 부끄러운 지경에 이른 언론의 대오각성을 요구했다.

　우리 시대의 사상적 은사이자 참 언론인이었던 리영희 선생은 진실 추구를 포기하고 권력에 기대어 곡필과 과장, 거짓말과 왜곡을 일삼는 언론을 '붓을 휘두르는 깡패'《생각하고 저항하는 이를 위하여》, 442면라고 하였고, '사건을 잘 파면 명예를 얻고 사건을 잘 덮으면 부를 얻는다'라는 말이 나올 정도로 부패해서, 자기가 미워하는 사람은 무차별로 수사하고, 자기 가족이나 친척, 부하와 지인은 알뜰하게 챙기는 불공정하고 편파적인 검찰 조직은 윤석열 스스로가 언명한 것처럼 '깡패'임에 틀림없다. 오죽하면 지금 검찰은 '허가받은 범죄 조직'이연주, 《내가 검찰을 떠난 이유》, 44면이라는 비판을 받을까.

　이제 누구도 거역할 수 없는 시대적 과제가 된 검찰개혁을 매듭짓고, 산업 재해로 죽어 가는 노동자의 현실과 일자리를 잃고 불안

해하는 청년들과 양극화로 고통받는 서민들과 빈곤층의 문제 해결
을 위한 사회 대개혁의 과제로 아젠다를 옮겨야 할 것이다.

출석하지 않은 이유

일체의 공덕을 갖추고 자비로운 눈길로 뭇 생명을 바라보라.(具一切功德, 慈
眼視衆生)

《묘법연화경妙法蓮華經》

우리나라 철학사를 정리한 《한국철학사》메멘토, 2015에서 현대사의
중요한 철학자로 유영모, 함석헌, 장일순을 꼽은 전호근 교수가 얼
마 전 《사람의 씨앗》메멘토, 2021을 출간하였다. 조선 시대 성리학을 연
구하고 《대학강의》와 《장자강의》를 비롯한 동양 고전에 대해 명쾌
한 해석을 가한 저술들을 출간하여 독자의 주목을 받은 전 교수가
이번에는 동양 고전학자의 눈으로 세상을 바라본 글들을 묶어 첫
번째 사회비평 에세이집을 선보인 것이다. 평소에 여러 지면과 페
이스북에 실린 전 교수 특유의 지적이고 해학적인 시각이 담긴 글
들을 즐겨 읽고, '노자의 반언(反言)과 장자의 우언(寓言)' 같은 특강을
듣기도 한 필자는 지적 호기심이 발동해 책을 받자마자 단숨에 읽

었다. 역시 명불허전(名不虛傳)이었다.

이 책에 실린 에세이 중에서 내가 가장 재미있게 읽은 것은 〈오지 않은 학생들의 이야기〉였다. 이 글은 책 제목인 '사람의 씨앗'의 핵심인 인(仁)과 측은지심(惻隱之心)을 재미있고 은근하게 드러내고 있는데, 이야기는 다음과 같다.

일반적으로 대학의 축제 기간에는 강의실에 출석한 학생들의 수가 줄어드는데, 전 교수는 강의를 들으러 온 학생들을 보고 수업을 하긴 하지만 오지 않은 학생들에게 마음이 쓰였다는 것이다. 그래서 축제가 끝난 뒤 다시 출석한 학생들에게 지난주에 무슨 재미난 일이 있어서 출석하지 못 했느냐고 물어보았더니 다 나름대로 이유가 있었다고 했다. 어떤 학생은 신종 독감에 걸려 오지 않았고, 어떤 학생은 게임을 하느라 밤을 새우다가 아침에 못 일어났고, 어떤 학생은 축제 기간에 열리는 뮤지컬을 보러 가느라고 못 왔고, 어떤 학생은 병무청에서 신체검사를 받으러 갔다는 것이다.

그런데 이런 다양한 이유로 강의에 참석하지 못한 학생들에 대한 전 교수의 해석이 재미있다. 독감에 걸린 학생은 친구들에게 옮길까 봐 안 나왔으니 친구를 사랑하는 거룩한 학생이고, 게임을 하느라 늦잠을 자다가 못 온 학생은 아주 솔직하고 정직한 학생이고, 재미나는 뮤지컬을 보러 간 학생에게는 자기도 그런 공연이 있다면 강의를 빼먹고 갈 것이라고 하면서 잘했다고 말해 주고, 병무청에 신체검사를 받으러 가느라 못 온 학생은 나라를 지키려는 애국심이 있는 학생이라고 생각했단다. 심지어 축제 기간에 학과 주점에서 과음하고 강의실에 들어와 강의 시간 내내 책상에 엎드려 잔 학생을 보고는, '내 강의가 얼마나 듣고 싶었으면 저런 몸을 이끌고 강의실까지 왔을까' 하는 생각에 감동했다는 것이다.

사실 매사에는 이유가 있고, 모든 사람은 할 말이 있다. 그런데 세상 사람들은 대개 결과만 보고 그 원인과 과정은 무시하며, 남의 말과 무언(無言)의 몸짓을 듣거나 보려 하지 않는다. 그래서 자기 사정을 살펴주지 않는 세상과 자기의 진실을 들어주지 사람들을 원망한다. 그런 가운데 자기가 미처 깨닫지 못한 것을 깨닫게 해 주고 자기의 행동을 선의로 이해해 주는 사람을 만나면 얼마나 기쁘겠는가.

《맹자》〈곡속(觳觫, 죽음을 두려워하다)〉 장에 이런 이야기가 나온다.

제선왕(齊宣王)이 흔종(釁鐘, 종을 만들 때 소의 피를 바르는 것)에 사용하기 위해 끌려가는 소가 벌벌 떨면서 사지(死地)로 끌려가는 것을 보고, 차마 보지 못하겠다고 하면서 양으로 바꾸라고 했다. 그러자 맹자가 소를 양으로 바꾸라고 한 것은 돈을 아끼기 위해서가 아니라 벌벌 떠는 소는 보고 양은 보고 있지 않기 때문이라고 해명해 주자, 제선왕은 '남의 마음을 어떻게 그렇게 잘 헤아릴 줄 아느냐' 하고 기뻐하면서 맹자의 왕도(王道) 정치 담론을 경청한다.

누군들 자기 마음을 알아주고 자기의 행위를 긍정적으로 평가해 주는데 기쁘지 않을 사람이 있겠는가. 전 교수의《사람의 씨앗》에 실린 명칼럼 〈오지 않은 학생들의 이야기〉을 읽으면서 교육은 무엇을 가르치는 것보다 학생들의 가능성과 장점을 발견하는 것이란 진실을 새삼 확인한다. 교육이든 세상살이든 '자비로운 눈[慈眼]'과 '칭찬하는 말[愛語]'이 필요하지 않겠는가.

연극 〈레 미제라블〉의
질 노르망 역 오현경 원로배우

코로나 감염 방지를 위한 거리 두기로 칩거 생활을 하는 동안 평소에 읽기에는 좀 부담스러웠던 장편 소설을 읽었다. 제일 먼저 잡은 책이 빅토르 위고의 《레 미제라블》이었다.

《레 미제라블》은 장발장과 자베르, 코제트와 마리우스 같은 독특한 인물을 통해 인간의 선과 악, 삶의 진실과 관용, 사랑과 슬픔을 전형적으로 형상화한 세계 문학의 명작이기 때문에 누구나 관심을 가지고 언젠가 다시 한번 읽어 보겠다고 생각하게 만드는 걸작이다.

그러나 우리는 이미 이 유명한 장발장에 대한 이야기를 너무나 잘 알고 있고, 바쁘게 사느라 이런 장편 소설을 여유 있게 통독할 시간을 내기란 쉽지 않다. 그래서 우리는 이 작품을 바탕으로 해서 만든 영화, 뮤지컬, 연극을 통해 아쉬움을 달래고 공연 예술과 영상 미학이 표출하는 색다른 미학을 즐긴다.

소생도 4월에 소설 《레 미제라블》을 읽은 뒤 영화와 뮤지컬을 보고, 오늘은 오현경 원로배우가 질 노르망 역을 맡은 연극 〈레 미제라블〉을 보기 위해 우중임에도 예술의 전당 토월극장으로 갔다.

오랜 장마로 침수된 곳과 교통 통제를 하는 곳이 많다는 뉴스를 듣고 일찍 예술의 전당으로 갔다가, 다행히도 올해 84세이신 원로 배우 오현경 선배님을 만나 뵈었다. 오현경 원로배우님은 소생의 국문과 직속 고참 선배님이시고, 재학 중 연희극예술연구회라는 연극 동아리 활동을 하셨다는 사실은 알고 있었다. 오늘 오 선배님은 모교 국문과의 남기심 교수님, 영문과의 이상섭 교수님과 동기라고 하셨다.

사실 오늘 연극 〈레 미제라블〉을 보러 간 것은 현장에서 실시간으로 관객과 소통하는 연극은 원작 소설을 어떻게 각색하였고 영상 미학과는 어떻게 다르게 해석해 내는지 궁금하기도 해서였지만, 올해 84세 되신 오현경 선배님의 연기를 볼 기회가 앞으로 많지 않을 것 같아 군이 예매해서 장마를 뚫고 갔다.

오현경 원로배우는 그동안 〈한여름 밤의 꿈〉, 〈봄날〉, 〈피가로의 결혼〉 등 수많은 작품을 통해 인생의 희로애락을 실감 나게 전했고, 60년이 넘는 세월 동안 한눈팔지 않고 오로지 연기 생활의 외길을 걸어 오셨다.

그는 이렇게 말씀하신다.

"배우는 역할의 크고 작음을 따져서는 안 돼요. 배우가 어떤 캐릭터를 맡으면 머리부터 발끝까지 그 인물이 되려고 안간힘을 쏟아야 합니다. 역할이 크든 작든 누가 연기하느냐에 따라 캐릭터가 완전히 달라진다는 게 이 배우라는 직업의 묘미입니다."

이번에 공연하는 〈레 미제라블〉에서도 이 원로배우는 두 번밖에 등장하지 않는다. 그래도 이 원로배우는 "단역이면 어떻습니까. 지팡이 짚고 걸을 수 있을 때까지, 관객을 향해 목소리를 낼 수 있을 때까지 무대에서 내려오지 않을 겁니다."라고 하시며 허허 웃으셨다.

이런 철학을 가지고 60년 연기 생활을 하셨으니 관객들의 사랑을 받고 '우리 시대의 명배우'라는 평을 듣는 게 아닐까. 부디 건강하셔서 오래오래 카랑카랑한 목소리로 멋진 연기를 계속 보여 주시기 바란다.

홍매화의 매운 향기

《조선사연구》를 쓴 민족 사학자이자 문필가인 위당 정인보가 평생 절친하게 지내다가 사돈의 인연까지 맺은《임꺽정》의 작가 벽초 홍명희에게 자기 집의 '붉은 매화[紅梅]'를 두고 읊은 시를 보낸 적이 있다. 위당은 이 매화시(梅花詩)에서 우리나라의 매화가 가장 맑고 향기롭고 천연스러운데, 이것은 아마 곧고 깨끗한 바탕을 타고나서일 것이라며 붉은 매화의 청한(淸寒)한 아름다움을 다음과 같이 찬탄하였다.

매화도 나름대로 종류가 많은데
우리 땅에 핀 꽃이 가장 맑고 향기롭다네.

가지와 마디가 기교를 부리지 않고
저절로 자라 자연스러운 아름다움을 이루었네.

얼마나 고고하게 솟아났으며

눈바람을 얼마나 겪었던가

이끼에 밴 맑디맑은 향기
나로 하여금 공경스러운 마음을 품게 하네

초목이 비록 미천하다고 하지만
어여뻐라, 그대의 변치 않은 자태여
어찌 한갓 봄빛을 먼저 알리기만 하리오
코 끝에 고국에 대한 단심을 되살려주는 것을 위당이 벽초에게 보낸 홍매시(紅梅詩)의 일부
를 축약해 의역함. 《담원문록》권6 참조

그런데 마침 이 시를 받은 벽초 댁에도 일제에 나라를 빼앗긴 경
술년에 순국한 벽초의 부친인 홍범식(洪範植) 공이 손수 접붙여 둔
'흰 매화[白梅]'를 정성스레 키우고 있었다. 필자는 이 매화시를 읽으
며 위당 댁의 홍매화(紅梅花)와 벽초 댁의 백매화(白梅花)는 각기 붉고
흰빛을 띠고 있었지만, 다 잃어버린 고국에 대한 애국심과 우리 겨
레의 매운 향기를 품고 있었음이 틀림없다는 생각이 들었다.

일제의 강제 늑약으로 국권이 상실된 1910년에 당시 금산군수로
있던 홍범식 공은 몸이 비록 외직에 있지만, 나라를 망하게 한 책임
을 면할 수는 없다고 생각하고 관아에서 목숨을 끊는다. 경술국치
를 당해 순국한 홍범식 공의 죽음은 잠자고 있던 당시 백성의 민족

혼을 불러일으키는 계기가 되어 사람마다 나라의 운명을 깊이 생각하게 되었고, 그들에게 나라 사랑하는 마음을 심어 주는 계기가 되었다. 홍범식 공이 순국한 뒤 그의 뒤를 따라 순국한 분들이 줄은 이었으며, 홍범식 공이 군수로 재직하고 있던 금산 지역에는 그의 죽음을 애도하는 발길이 끊이지 않았다. 그러나 당시 사람들에게 준 놀라움과 안타까움도 큰 것이었겠지만, 맏아들 벽초 홍명희가 받은 충격과 영향은 필설로 다 하기 어려운 것이었다.

부친 홍범식의 순국은 벽초 홍명희에게 있어서 식민 통치라는 민족 수난의 시대에 무엇을 해야 할 것인지 또 어떻게 살아가야 할 것인지를 결정하는 방향타가 되었으며, 모든 가치 판단과 행동 양식의 기본적인 원칙이 되었다. 벽초는 순국 전에 남긴 아버지의 유언을 결코 잊을 수가 없었던 것이다.

기울어진 국운을 바로잡기엔 내 힘이 무력하기 그지없고 망국노의 수치와 설움을 감추려니 비분을 금할 수 없어 스스로 순국의 길을 택하지 않을 수 없구나. 피치 못해 가는 길이니, 내 아들아, 너희들은 어떻게 해서라도 조선 사람의 의무와 도리를 다하여 잃어버린 나라를 기어이 찾아야 한다. 죽을지언정 친일을 하지 말고 먼 훗날에라도 나를 욕되게 하지 말아라. 홍범식 공이 아들 벽초에게 남긴 유서 중 일부

벽초 홍명희의 생애는 실제로 그의 부친이 행동으로 보여 준 피

임옥상 화백, <홍매>

맺힌 유서의 가르침을 한치도 벗어나지 않았다. 벽초는 말년에 자식들 앞에서, "나는《임꺽정》을 쓴 작가도 아니고 학자도 아니다. 홍범식의 아들 애국자다. 일생 애국자라는 그 명예를 잃을까 봐 그 명예에 티끌조차 묻을세라 마음을 쓰며 살아왔다."라고 술회하였다고 벽초의 맏아들 홍기문이 증언하고 있다.

벽초와 절친이자 사돈이기도 한 위당 정인보는 이러한 홍범식 공의 애국 순절을 역사적으로 증언하고, 우리 백성에게 조선의 얼을 되살리고 나라 사랑의 길을 제시하고자 〈금산군수홍공사장錦山郡守洪公事狀〉을 썼다.

지난주 필자는 한국 현대사의 역사 현실을 리얼리즘 미학으로 승화시킨 작품을 선보여 왔던 임옥상 화백의 〈나는 나무다〉라는 전시회를 보러 갔다가 붉은 매화를 그린 작품 〈홍매〉 앞에서 발걸음을 멈추었다. 문득 일제 강점기에 민족혼을 잃지 않았던 위당이 벽초에게 보낸 홍매시가 생각났기 때문이다. 전시회를 보고 나오며 방명록에 이렇게 적었다.

매일생한불매향(梅一生寒不賣香)
매화는 일생을 찬 겨울 속에서 지내지만 그 향기를 팔지 않는다.

현대 문명의 위기와
새로운 삶을 위한 성찰

1. 이끄는 말

인간의 탐욕이 초래한 생태적 위기와 사회 경제적 양극화가 진행되는 상황 속에서 우리 인류는 코로나19의 세계적 대재앙을 맞았다. 우리나라는 의료진의 헌신적 노력과 시민의 자발적 참여, 정부의 기민한 대응으로 지역 봉쇄나 통행 제한 없이 비교적 성공적으로 대응하여 'K-방역'으로 불릴 만큼 모범적인 사례로 평가받고 있으나, 아직도 여진이 계속되고 있다. 전 세계적으로 보면 유럽에 이어 미국, 브라질, 러시아는 아직도 코로나가 크게 확산하고 있다.

2주 전에 타계한 김종철 선생은 《녹색평론》 2020년 5-6월호(통권 172)의 권두언에서 이번 코로나 사태가 자본주의의 폭주, 과잉 산업 발전과 소비주의의 소산이라고 진단하고, 이제 일체의 생태계 파괴 행위를 통제하고, 얼마 남지 않은 삼림과 야생지 보호를 위해 사회 모든 부문의 역량이 총동원되어야 한다고 강조하였다. 포스트 코로나 시대에는 기존 약탈적 자본주의 문명의 근본적 성찰과 문명의 대전환을 위한 구상과 실천이 필요하다는 것이다.

이 소고는 최근 코로나 팬데믹을 계기로 그동안 우리 인류가 저질러온 반자연적 일상적 삶의 행태, 과잉 생산과 무절제한 소비, 과도한 에너지 사용과 자동차와 비행기 운행의 폭증, 곤충과 미생물 서식지인 숲과 생태계에 대한 일방적 약탈, 극단적 개인주의와 인위적인 유전자 조작 등 기존의 문명과 생활 관습을 근본적으로 성찰하기 위해, 발제자가 공부하고 있는 한문 고전과 읽은 책들 속에 담긴 지혜의 일부를 현재적 관점에서 다시 살펴보면서 우리의 삶을 성찰하는 자료로 삼아 볼까 한다.

2. 병든 것과 가난한 것

코로나 이후의 새로운 문명을 구상하고, 코로나 이전의 우리 삶을 성찰하려면 여러 방면에서의 접근과 논의가 필요할 터이지만, 인문학과 동양 고전을 공부해 온 발제자로서는 아는 게 옛 선현들의 글과 지혜밖에 없어 그것을 조금 소개하려 한다. 이런 생각을 하면서 《장자莊子》를 읽다 보니 〈서무귀徐无鬼〉가 눈에 띄었다.

서무귀(徐无鬼)가 위(魏)나라 무후(武侯)를 만났을 때 무후가 말했다.
"선생께서 산속에 살면서 도토리와 밤을 주워 먹고 파와 부추를 싫도록 들면서 오랫동안 나를 찾아오지 않아 지금 매우 늙어버린 것 같소. 그래 고기와 술맛을 보러 오셨군요. 아무튼 그대가 온 것은 과인의 나라에는 큰 복이 아닐 수 없소."

서무귀가 말했다.

"저는 가난하고 천한 몸으로 태어나 아직 한 번도 임금님의 호사스러운 술과 고기를 먹어 보지 못했습니다. 그러나 제가 이렇게 온 것은 임금님을 위로하기 위해서입니다."

그러자 임금이 말했다.

"무슨 소리요. 어떻게 그대가 나를 위로한단 말이오?"

"임금님의 정신과 몸을 위로해드리려는 것입니다."

"그게 무슨 뜻이오?"

"천지자연이 만물을 기르는 것은 똑같습니다. 높은 자리에 올랐다고 잘하고, 낮은 자리에 있다고 해서 못하지 않습니다. 임금께선 홀로 나라의 주인 행세하면서 나라의 백성을 괴롭히고, 귀와 눈과 코와 입의 욕망을 만족시키고 있습니다. 이것은 참된 정신을 가진 사람이 허용해서는 안 될 일입니다. 무릇 참된 정신이란 남과 화합하기를 좋아하고 간사한 것을 싫어합니다. 간사하게 자기 자신만을 생각하는 것은 병입니다. 그래서 위로를 해드리려는 것입니다."

절대 권력을 휘두르면서 호사스럽게 술을 마시고 고기를 먹는 생활을 추구하던 무후가 서무귀 역시 고기와 술맛을 보러 자기를 찾아왔으리라 짐작하는 것은 당연하다. 그러나 산속에 살며 도토리와 밤을 주워 먹는 가난한 생활을 하던 서무귀는 오히려 권력과 물욕에 찌든 임금을 위로하고 있다. 평등안(平等眼)을 가지고 도(道)를 추구하는 사람의 입장에서 보면, 혼자 나라의 주인 행세하면서 나라의 백성을 괴롭히고, 귀와 눈과 코와 입의 욕망을 만족시키는 임금이 불쌍해 보였던 것이다. 그래서 남을 생각하지 않고 자기만을 생각하는 탐욕의 병을 앓고 있는 왕을 위로하고 있는 것이다. 장자는 이 우언을 통해 권력과 물욕에 사로잡힌 인간을 오히려 불쌍하게 형상화하고 인간들의 세속적인 가치를 여지없이 전복시키면서, 바람직한 삶의 길을 묻고 있다.

사람들은 흔히 권력과 돈이 없는 가난을 위나라 무후처럼 병으로 여긴다. 그러나 가난이 죄이고 병이기만 한 것인가. 배가 고파도 먹을 것이 없고 아파도 병원에 치료받으러 갈 돈도 없는 절대적 가난은 큰 문제이다. 그러나 우리나라 재벌들의 탈법과 상속 분쟁, 몰상식한 갑질과 반도덕적 행태를 보면, 차라리 가난하게 살아가는 서민이 훨씬 도에 가까운 생활을 하고 있지 않을까 하는 생각이 든다.

돈과 권력은 도(道)와 거리가 멀다. 돈과 신을 동시에 섬길 수 없기 때문이다. 도를 추구하는 사람은 자발적으로 가난을 즐긴다. 공자는 '가난하면서도 도를 즐기고, 돈이 있으면서도 예의범절을 지키기를 좋아하는(貧而樂, 富而好禮)' 경지로 나아갈 것을 주문했고, 맹자는 '부귀하더라도 너무 지나치지 않고, 가난하더라도 뜻을 바꾸지 않을 것(富貴不能淫, 貧賤不能移)'을 사람의 도리라고 여겼다. 조선 후기 실학파 문인 박지원(朴趾源)의 《허생전》에도 "재물 때문에 얼굴에 기름기가 도는 것은 장사치에게나 해당되는 것이다. 만 냥이 어찌 도를 살찌울 수 있겠는가(以財粹面, 君輩事耳. 萬金何肥於道裁)."라는 대목도 있다.

이렇게 도를 추구하면서 자발적으로 가난하게 살아가는 전통은 욕망이 과잉인 우리 시대에 새로운 의미로 조명될 필요가 있지 않을까. 문제는 가난이 아니라 사회적 불평등이 아닐까. 그래서 공자는 '가난을 걱정하지 말고 고르게 분배되지 않는 것을 걱정해야 된다(不患寡, 患不均)'라고 했다. 우리가 진정 생태적으로 지속 가능한 미래를 꿈꾼다면 선현들이나 오늘의 현자처럼 지금부터라도 검소와 절제, 나눔과 연대를 실천해야 할 것이다.

3. 어울려 사는 세상

노자가 사람은 땅을, 땅은 하늘을, 하늘은 도를 의지하고 본받는다고 하였듯이 천하 만물은 서로 연결되어 있으며 독자적으로 존재하는 것은 없다. 틱낫한 스님은 이렇게 말한다.

> 한 장의 종이는 종이 아닌 요소들로만 이루어져 있다. 마음, 대지, 나무꾼, 구름, 햇살이 그 안에 들어 있다. 만일 그대가 종이 아닌 요소를 그 근원으로 되돌려 버린다면, 종이는 더 이상 존재할 수 없다.
> 구름이 없다면 물이 있을 수 없다. 물이 없다면 나무들이 자랄 수 없다. 나무들이 없다면 그대는 종이를 만들 수 없다. 따라서 종이의 존재는

구름의 존재에 달려 있다. 종이와 구름은 매우 가까운 관계이다. 틱낫한,《평화로움》

사실 그렇다. 천하 만물이 서로 의지하고 있으며, 서로 관계를 맺으며 어울려 존재한다. 인간도 마찬가지이다. 인간이 한 인간이 되는 것도 사회화 과정을 통해서이며, 사회적 유대가 해체되면 존재할 수 없는 사회적 존재이다. 곰곰이 생각해 보면, 나라는 존재는 나이외의 것으로만 구성되어 있다는 것을 확인할 수 있다. 나의 생명은 부모로부터 온 것이고, 나의 지식은 선생님과 책으로부터 배운 것이고, 나의 건강은 농부들이 땀 흘려 경작한 곡식으로부터 온 것이며, 나의 집은 목수가 지어 준 것이고, 나의 직업은 사회가 준 것이기 때문이다. 만약 나에게서 나 이외의 요소를 제거하면 남는 것이 하나도 없을 것이다. 그래서 인도의 평화순례자 사티쉬 쿠마르가 "그대가 있어 내가 있다."라고 말한 것이다. 씨앗은 땅을 섬기고 땅은 씨앗을 섬기며, 나무는 땅에 그 잎을 떨구고, 땅은 나무에 자양분을 주듯이, 우리 인간들도 서로를 섬기고 관계를 맺으며 자기를 실현하는 것인지 모른다.

우리 인간은 어울리며 살아가는 사회적 존재이다. 우리는 집, 학교, 직장 어디에서나 끊임없이 인간관계를 맺으면서 이웃과 더불어 살아가며, 이러한 만남을 통해 삶의 기쁨과 보람을 느낀다. 법정 스님이 말했듯이 모든 만남은 생애 단 한 번의 인연이고 모든 순간은 생애 단 한 번의 시간으로 매우 중요하며, 훌륭한 사람과의 만남은 더욱 소중하다고 할 것이다.

어진 이를 가까이하면 뜻이 높아지고, 어리석은 자를 벗하면 재앙이 닥친다. 그것은 마치 종이가 향을 가까이했기 때문에 향내가 나고, 새끼줄이 생선을 가까이했기 때문에 비린내가 나는 것과 같다. 어진 사람에게 물드는 것은 향기를 쏘이며 가까이하는 것과 같이 지혜를 일깨우며 선을 쌓아 자신도 모르게 선한 사람이 된다. 법정,《인연이야기》

그런 의미에서 좋은 이웃을 만나고 그들과 잘 지내고 원만한 인간관계를 유지하는 것은 인생의 큰 행복이고, 그러한 삶은 성공적 삶이라 할 수 있다.

그런데 이웃 사람들과 잘 지내는 비결은 무엇일까. 선현들은 한결같이 남을 귀하게 여기고 자기를 낮추는 마음을 갖고, 자기에게는 엄격하고 남에게는 관대하게 처신하는 것이라고 말한다. 공자는 일찍이 '자기가 하고 싶지 않은 일을 남에게 시키지 않고(己所不欲, 勿施於人)' 자기를 사랑하듯이 남을 사랑하라고 하였고, 맹자는 정치를 하는 지도자들은 모름지기 민중의 즐거움을 즐거워하고 민중의 걱정을 함께 근심하는 '민중과 더불어 즐거워하기(與民同樂)'를 실천해야 한다고 하였다.

신영복 선생도 "남에게는 봄바람처럼, 자기 몸가짐은 서릿발처럼

(待人春風, 持己秋霜)"을 자주 언급하였다.

4. 자연과 더불어 살아가는 생태적 삶

인간의 비극은 인간과 자연의 조화로운 관계가 깨진 데서 비롯되었다. 옛날 선현들은 풀 한 포기 나무 한 그루에도 천지의 화평한 기운이 담겨 있다고 믿었고, 인간과 만물이 다 천지의 산물이라고 생각했다. 우리 주위에는 우리에게 아무런 대가 없이 무진장한 은혜를 베풀어 주는 자연이 존재한다. 법정 스님은 이렇게 법문한다.

이 세상은 인간만 모여 사는 곳이 아니라 만물이 더불어 살아가고 있는 장입니다. 수많은 생명체들이 서로 영향을 주고받으며 조화와 균형의 관계를 이루고 있습니다. 식물과 동물이 없다면 인간도 생존할 수 없습니다. 식물과 동물이 곁에 있기 때문에 서로 의지하면서 우주적인 조화를 통해 우리가 살아갈 수 있습니다. 수많은 생명체들이 서로 주고받으면서 어울려 함께 살아갑니다. 법정 《일기일회》

그러나 산업화 이래 이러한 만물이 다 하나라는 만물일류(萬物一類)의 사상은 인간 중심의 개발 논리와 발전 욕망에 의해 뒷전으로 밀려나고, 있는 그대로 궁극적인 존재인 자연은 오직 인간의 이용과 탐욕의 대상으로만 여기게 되었다.

그 결과 우리 인류는 산림 자원의 훼손과 사막화 현상, 에너지 고

갈과 지구 온난화, 오존층 파괴, 남북극 빙하의 해빙과 해수면의 상승, 지하수의 고갈과 공기의 오염, 만성적 가뭄과 비정상적인 기상 현상 등과 같은 생태학적 위기를 맞고 있다. 코로나는 이런 환경에서 발생한 것이다.

그런데 벌들은 이 꽃, 저 꽃으로 다니며 꿀을 조금씩 모으면서 꽃을 해치지 않고, 순환하는 자연 섭리에 따라 살아가는 데 비해, 우리 인간은 자연이 주는 혜택을 누리면서도 자제할 줄 모르고 무모한 개발과 지나친 낭비를 하느라 오히려 자연을 파괴하는 잘못을 저지르고 있다.

5. 공생의 삶을 위한 지혜

마하트마 간디의 이상을 구현하고 있는 인도의 영적 지도자 비노바 바베는 지옥과 극락이 어떤 곳인지에 대해서 재미나는 이야기를 한 적이 있다.

지옥과 극락이 어떻게 생겼는지 알고 싶어 하는 한 남자가 있었다. 먼저 그 남자는 지옥을 보러 갔다. 그곳은 제법 괜찮아 보였다. 사람들은 각자 자기 숙소에 살았다. 저녁 식사를 알리는 종이 울리자 모두 방에서 나왔다. 모두 팔과 다리가 길고 키가 큰 사람이었다. 그들은 긴 테이블의 양쪽에 앉았다. 배가 몹시 고파 보였다. 밥과 빵과 채소가 먹음직스럽게 나왔다. 그들은 음식을 먹으려고 숟가락으로 떠서 입에 넣으려고 했지만 팔이 길어서 먹을 수가 없었다. 음식이 어깨 뒤로 떨어지기도 하고 바닥에 떨어지기도 했다. 테이블 위에 있던 음식은 전부 바닥에 있었다. 지옥에 간 남자는 그 모습을 보고 웃었다.

그다음에 남자가 극락에 갔다. 그곳은 지옥과 별로 달라 보이지 않았다. 사람들은 정원으로 둘러싸여 있고 길게 방들이 늘어서 있는 곳에 살고 있었다. 남자는 방 안에서 들려오는 이야기 소리와 웃음소리를 들을 수 있었다. 잠시 후 식사 종이 울렸다. 긴 팔과 긴 다리에 키가 큰 사람들이 행복한 얼굴로 나와 긴 식탁 양쪽에 앉았다. 음식은 밥과 빵과 채소로 지옥과 똑같았다. 그러나 그들은 음식을 먹으면서 자기 입에 넣기보다는 반대편에 있는 사람의 입에 넣어 주었다. 서로를 먹여 주니까 낭비할 것도 없고, 배가 고플 이유도 없었다. 극락에 간 남자는 매우 놀랐다. 샤티

쉬 쿠마르 《그대가 있어 내가 있다》

이 이야기는 자기 욕심만을 부리는 곳이 지옥이고 남을 먼저 배려하는 곳이 극락임을 우의적으로 말해 주고 있는데, 자기중심주의는 결국 자기까지 파멸시키는 결과를 가져오며, 남에게 먼저 베푸는 것이 결국 자기에게도 도움이 된다는 공생공락(共生共樂)의 길을 보여 주고 있다.

그런데 이렇게 이웃과 잘 어울리고 자연과 조화를 이루는 공생공락의 삶을 위해서는 어떤 삶의 자세를 가져야 하는가. 선현들은 인간관계를 잘하려면 겸손한 자세로 자기를 낮추며 먼저 남을 배려하

고, 자기의 공을 드러내지 않고 티 내지 않는 생활을 하는 것이 필요하다고 하였다. 자연과 조화로운 관계를 위해서는 인간 중심주의를 버리고 만물을 같이 바라보는 평등안을 가지고 욕심을 비우고 검소한 삶을 선택할 것을 권면한 것이다.

김종철 선생은 인류에게 닥친 이 코로나 팬데믹 사태를 해결하기 위해서는 당장은 확진 환자를 치료하는데 필요한 백신을 개발해야 할 것이지만, 근본적으로는 공공성을 강화하여 공생의 길로 방향을 잡으면서 인간의 면역력을 높이는 길 밖에 없다고 하면서, 생의 마지막 저작이 된 〈코로나 환란 공생의 윤리〉에서 이렇게 말씀하셨다.

> 우리의 정신적 육체적 건강의 첫째 조건은 사람을 포함한 뭇 중생과의 평화로운 공생의 삶이다. 그리고 공생을 위한 필수적인 덕목은 단순 소박한 형태의 삶을 적극적으로 껴안으려는 의지이다.
>
> 내 목소리부터 낮춰야 새들의 노래도, 벌레들의 소리도 들린다. 그래야만 풀들의 웃음과 울음도 들리고, 세상이 진실로 풍요로워진다.
>
> 이 세상에서 가장 무서운 바이러스는, 공생의 윤리를 부정하는, 그리하여 우리 모두의 면역력을 끊임없이 갉아먹는 '탐욕'이라는 바이러스다.
>
> 김종철 《땅의 옹호》

코로나 시대의 다문화 세미나

6. 맺는말

끝으로 포스트 코로나 시대에 우리 사회의 진로를 모색하는 데 참고가 될까 하여 프랑스의 안 이달고(Anne Hidalgo) 파리시장의 시정 플랜을 소개한다.

이달고 파리 시장은 우리가 처한 이 코로나 위기에 맞서기 위해서는 사회적 정의와 이콜로지를 모든 정책의 중심에 두겠다면서, 재선 시 향후 6년간의 시정 플랜 〈파리를 위한 선언Le manifeste pour Paris〉를 발표했는데, 중요한 것을 들어본다.

1) 파리 전역 차량 운행 속도 30㎞/h 제한, 자전거 사용 유도

2) 마천루 6개의 건설 프로젝트 백지화, 대신 제3 숲의 조성

3) 주차장 면적 절반 축소, 도시 전체의 공원화

4) 생태 기후적 건축 기준 시행(녹색 공간 조성 의무 부과)

5) 에너지 과다 소비 디지털 광고판 퇴출

6) 공유 숙박 플랫폼인 에어비앤비(Airbnb)를 사들여 저렴한 월세 임대 주택으로 활용

7) 기후 위기에 대비해 파리 시민의 식량 주권 확보(도심 및 근교 농업 이용)

8) 새로운 연대의 창조를 위해 '연대 센터' 설치

5부

파리에서 지내며

세르누치 미술관의
이응로 작품 전시회를 보고

박정희 독재 정권 치하에서 동백림 간첩단 조작 사건으로 독일의 윤이상 작곡가와 함께 2년 반 투옥된 바 있는 이응로 화백 (1904~1989)의 회고전이 파리 아시아 미술 박물관인 세르누치 미술관에서 열린다기에 보러 갔다.

고암 이응로 화백은 조선 왕조 말기에 출생해 사군자 전문 화가인 김규진 선생 문하에서 대나무 그림을 배우고 전통적인 묵화(墨畵)를 그렸다.

일제 말기에는 일본에 유학하고 홍익대 등에 출강하다가 1959년에 파리에 정착하여 문자와 추상 서예 작업에 몰두하였다. 한국의 전통적 필묵을 활용한 현대적 추상화의 새로운 경지를 개척하여 프랑스 평단으로부터 크게 주목받았다. 그러다가 1967년 동백림 사건에 연루되어 옥고를 겪는다. 그 뒤부터 고암의 그림과 서예, 도예와 조각 작품에는 평화 통일과 민주주의의 염원이 미학적으로 반영되기 시작한다. 그의 대표작으로 알려진 '군상' 연작은 이렇게 해서 탄생한다.

세르누치 미술관에서 열리는 이응로 회고전 포스터

　1980년 광주 민중 항쟁은 고암의 미술 작업에도 충격을 주어, 폭력에 맞선 민중의 함성과 몸짓 그리고 연대와 진보적 지향을 다양한 군무(群舞)와 군상(群像) 작업을 통해 표현하였다. 그림은 물론 목각, 청동 조각, 서예를 통해 형상화하였다.

　오늘 고암 선생이 1989년 작고할 때까지 30년간 치열하게 작업했던 파리에서 그가 남긴 피땀 어린 작품들을 바라보는 내 마음은 편치 않다. 박근혜 정권은 퇴출되고 문재인 정부가 들어서긴 했으나 반통일 냉전 기득권 세력은 그대로 버티고 있고, 사드 배치를 강행하려는 트럼프 미국 정권과 호전적인 아베 정권이 한반도의 분쟁 지역화와 영구 분단을 획책하고 중국과 소련도 노골적으로 그들의 음흉한 속셈을 드러내고 있지 않은가?

이런 때일수록 그동안 국내외에서 통일 운동과 민주화 투쟁에 헌신했던 분들의 노고를 기억하고, 독일의 윤이상, 송두율 선생과 프랑스의 이응노 선생같이 해외에서 활동했던 위대한 예술가와 지식인의 예술적 성취와 지적 고투에 대해서도 좀 더 많은 관심을 가질 필요가 있을 것이다.

— 2017. 7. 25.

반 고흐 미술관을
다시 찾은 까닭

2016년 1월에 이어 이번 여름휴가 동안 암스테르담의 반 고흐 미술관을 다시 찾았다. 반 고흐 미술관이 고흐 작품을 가장 많이 소장하고 있기도 하지만, 볼 때마다 나를 늘 각성시키는 고흐의 초기 걸작 〈감자 먹는 사람들〉(1885)을 상설 전시하고 있기 때문이다.

사람을 사랑하는 것보다 더 중요한 예술은 없다고 믿은 고흐는 밀레의 농촌 풍경 그림과 에밀 졸라가 프랑스 광부를 다룬 소설 《제르미날》의 영향을 받아, 창작 초기에는 자기가 살고 있던 네덜란드 뇌넨 지방 농민의 일상과 고난을 표현했다.

고흐는 〈감자 먹는 사람들〉에서 자신들의 손으로 땅을 파서 땀 흘려 수확한 감자를 먹는 손이 정직하다는 것을 보여 주기 위해 검고 거칠게 그렸다고 했다. 이 작품은 〈오두막집〉, 〈베 짜는 여인〉, 〈식탁에 둘러앉은 농부 가족〉과 함께 초기 시절 농민의 고난을 표현한 대표 작품이라 할 수 있다.

반 고흐 미술관에는 이런 초기 작품 이외에 뒤에 살았던 파리 시절의 〈자화상〉, 아를 시절의 〈밤의 카페 테라스〉, 〈침실〉, 생레미 시

반 고흐 미술관

절의 〈아몬드 꽃〉, 오베르 시절에 그린 〈까마귀가 있는 밀밭〉 등 다채로운 그림들이 집대성되어 있다.

나는 평생을 가난과 고통 속에 살면서도 정직하고 예술 정신으로 유화 200점과 드로잉 500여 점을 남긴 고흐에 관심과 애정을 가지고, 기회가 닿는 대로 진품을 보려고 노력했다. 2008~2009년 런던 대학에 머물 때는 내셔널 갤러리에서 〈해바라기〉와 코톨드 미술관에서 〈귀 잘린 자화상〉을 자주 보았고, 지난주 파리에서는 〈빈센트 루미나리에〉 영상을 보았다. 서울의 우리 집 거실에도 작년 생일날 큰딸이 선물해 준 〈별이 빛나는 밤에〉가 걸려 있다.

세계의 미술 애호가들이 이곳 암스테르담으로 와서 반 고흐 미술관을 찾는 까닭도 나와 비슷한 심정에서가 아닐까.

이제 초등학생이 된
첫 손녀

세월호 참사가 일어나기 6개월 전에 태어난 첫 손녀 에린이(Erin)가 2019년 9월 초등학교에 입학했다. 프랑스는 만 세 살에 유치원에 들어가 3년간 공교육을 받기 시작해서, 만 여섯 살에 초등학교 5년 과정에 입학한다. 세월이 빠르고 아이들은 무럭무럭 자란다.

큰딸과 사위가 매일 회사로 출근하는 맞벌이 부부라 육아 휴직이 끝나고는 보모에게 맡길 수밖에 없는 형편이었다. 이를 본 처가 "사람 키우는 일보다 중요한 일이 어디 있겠느냐."라면서 손녀가 태어난 날 파리로 가서 에린이를 키웠다. 처가 처음부터 손녀를 키워서 그런지 첫 손녀에 대한 애정은 특별했다. 우유를 먹이고 기저귀를 갈고, 유모차를 밀고 잠재우는 일까지 거의 2년을 한시도 떨어져 있지 않았다.

그러다가 에린이가 유아원과 유치원에 들어가면서부터 처는 일년의 절반인 봄과 가을은 한국에서 지내다가 여름과 겨울 6개월만 파리에서 함께 지냈다. 할머니의 전적인 보살핌 속에 자란 손녀는 다행히 별 탈 없이 유치원에 잘 다녔고 한국어도 제법 잘했다. 만 여

첫 손녀 에린이와 함께

섯 살이 된 작년 9월 드디어 초등학교에 들어가 올해 벌써 초등학교 2학년이 되었다. 프랑스어 시간에 배운 프랑스 시를 곧잘 외면서도, 다행히 한국말을 잊지는 않았다. 같은 반에 한국 친구가 있어서 도움이 된 것 같다.

　프랑스 초등학교에서는 언어 교육과 체험 활동에 특별히 역점을 두는 것 같았다. 이제 2학년인데 제법 긴 문장을 읽고 쓰게 하고, 좋은 시를 매달 한 수씩 외도록 했다. 요즘 코로나 유행 때문에 현장 체험 활동이 주춤하지만, 작년에는 매주 미술관과 박물관, 식물원이나 공원, 영화와 연극 구경, 수영장 같은 곳을 번갈아 가면 다녔다. 어릴 때는 교실에서의 인지 교육보다 체험 활동이 건강과 발달에 더 좋다는 교육 철학을 실천하고 있었다.

특히 모국어로 된 시를 매달 한 작품씩 외워서 친구들 앞에서 발표하게 하는 게 매우 좋은 것 같았다. 동영상으로 보내온 에린이의 시 낭송은 듣기도 좋고 집안 분위기를 고양하는 것 같다. 이렇게 어릴 적부터 아름다운 시적 언어를 외우고 몸에 배게 하면 저절로 아름다운 심성도 길러지고, 사회적 소통도 잘 이루어질 것이다. 문화와 예술의 나라 프랑스는 이렇게 초등학교 프랑스어 교육에서부터 출발하는 게 아닐까.

둘째 손녀를 본 기쁨

둘째 손녀 로에와 함께

12년 전 파리에 정착한 언니를 따라 6년 전 파리에 가서, 파리7대학원에서 공부를 하다 보르도 청년 기욤을 만난 둘째 원이가 오늘 외손녀를 낳았다고 한다. 출산 예정이라는 소식을 듣고 지난 주말에 파리에 간 처가 출산 소식을 듣자마자 미역국을 끓여서 산부인과 병원으로 간다고 카톡으로 실시간 중계 방송을 한다.

첫째 연이가 낳은 에린이 덕분에 지난 몇 년간 모든 시름을 잊었는데, 이제 둘째 원이도 외손녀를 순산해서 나를 기쁘게 한다.

귀한 생명을 주신 천지신명께 감사드리고, 그동안 염려해 준 친지와 벗들께도 감사드린다.

우선 보르도에 살고 있는 사돈 내외분과 기쁨을 함께 나누고 싶다.

Sylvie Mascaut, congratulations!!!

_ 2019. 6. 5.

보르도 사돈네와
호카마두 마을 나들이

2018년 8월 둘째 주에 둘째네와 보르도 지방으로 바캉스를 온 것은 파리의 더위를 피하기 위한 목적도 있었지만, 이달 2일 사실혼 신고(Pacs)를 한 아이들을 양가 부모가 만나 함께 축하해 주기 위함이었다.

보르도 대학을 졸업하고 파리의 엠마우스 공동체에서 전자통신 엔지니어 팀장으로 일하는 착한 사위가 내려오는 김에 우리를 이곳의 명소인 비스카로스 해변과 호수, 피레네산맥 계곡을 구경시켜 준 것은 덤이었다.

드디어 프랑스 중남부 지방 구경을 끝내고 기욤의 부모님을 만나기 위해 그저께 사돈댁 근처의 소도시 벨쥐락에 왔다. 어제 1년 6개월 만에 둘째 사위 기욤의 부모님을 다시 만났다. 기욤의 부모님은 자기 아들을 받아 주어 고맙다면서 이번에 아이들이 자발적으로 Pacs를 해서 기쁘다고 하셨다. 환대의 말씀을 그렇게 품위 있게 하신다.

기욤의 부모님은 이번에 같이 데려간 에린이를 위해서 원숭이숲

보르도 사돈네와 함께

을 가고, 우리를 위해서는 중세 도시 몽파지에와 산 위의 예쁜 마을 호카마두를 구경시켜 주었다.

오늘이 마침 사위의 생일이라 저녁 초대를 한다기에 어제저녁은 호카마두의 아름다운 산이 한눈에 보이는 야외 레스토랑에서 내가 한턱을 쏘았다.

올해 77세로 몸이 좀 편찮으신 사돈*께서 에린이에게 원숭이숲 공원을 보여 주려고 산소통을 등에 지고까지 함께 나들이를 해 주셔서 가슴이 뭉클했다. 영리한 에린이는 산소통을 메고 자기 손을 잡아 주는 또 한 할아버지의 따뜻한 마음을 느꼈는지 부채를 부쳐 주고 흐르는 땀을 닦아 주었다.

사는 게 이런 것인가?

*추기 : 보르도의 바깥사돈 장 루이 마스코(Jean-Louis Mascaut)는 지병으로 2019년 11월 7일 별세하셨다. 6월 5일에 태어난 손녀를 보고 돌아가셔서 그나마 위안이 되었을까? 영원한 안식을 빈다.

센강을 초저녁에 산책하면서

2020년은 개인적으로 몇 가지 매듭이 있는 해이다. 6.25 정전 협정 직전에 태어난 소생은 무엇 하나 제대로 한 것도 없이 세월을 보내다가 오늘 망 70을 앞둔 68세 생일을 맞는다.

올해는 또 대학 입학 50주년이 되는 해이고, 결혼한 지 40년이 된다. 평생을 농업사 연구에 바쳐 우뚝한 업적을 남긴 김용섭 선생의 학문 자세를 본받고자 했으나 역량이 부족했고, 1970~1980년대 군부 독재 시절에는 강성구, 공유상, 우원식, 김거성 후배님처럼 용기를 내어 투쟁하지 못하고, 대학원에 진학하여 역사를 기록해야 한다는 핑계로 편한 상아탑에 머물렀다. 그런 죄의식을 안고 교수 생활을 했기에 그나마 1987년 민주화 운동 시기에 강원대 조교수로서 시국 선언과 거리 시위에 학생, 시민과 함께할 수 있었다. 그리고 2013~2014년 인하대교수회 회장 시절에 발생한 세월호 참사의 진실 규명을 위한 성명서 작성과 교내 추모 집회를 꾸준히 개최하고, 국사 교과서 국정화 저지, 사드 배치 반대, 박근혜 정권 퇴진, 이재용 구속 촉구 시위를 광화문과 파리의 트로카데로 인권 광장에서

센강 초저녁 풍경

깜냥대로 벌였다.

2017년 5월 박근혜는 쫓겨나고, 촛불혁명 덕분에 문재인 문민 정권이 들어섰다. 이제 나이도 들어가고 그동안 거리에서 설치느라 못 읽은 고전 저작을 읽고 손녀들을 돌보며 인생 제3부를 보내고 있었다. 그러나 윤석열이라는 괴물 검찰이 온 나라를 휘젓고 무소불위의 권력을 휘두르는 사태가 또 발생했다. 의협적인 나의 지인과 페친들이 서초동과 여의도 광장에서 다시 모여 촛불을 든다기에, 이제 체력이 좀 딸리는 형편이었지만 가능한 한 그들과 연대하는 의미로 촛불 하나 켜서 같이 들고, 페북으로 서로 격려하며 연대하려 했다. 깨인 촛불 시민의 끈질긴 연대와 열정으로 지난 연말 선거

법 개정과 공수처 설치가 국회에서 가결되었다.

이제 다시 독서인으로 돌아갈 때가 되었다. 지난달 이곳 파리의 딸네 집에 오면서 '동안거'의 시간을 갖겠다는 다짐을 앞으로 가능한 한 지켜보려 한다.

오늘 연초 휴가를 함께 받은 첫째네와 둘째네 가족과 함께 파리의 동쪽 지방에 있는 센터파크로 며칠간 여행을 떠난다. 당분간 '금요인문학' 연재 글을 제외하고는 침묵과 성찰의 동안거 시간을 가지고자 한다. 그래서 연말연시의 긴장된 상황과 여러 모임 때문에 새해의 구상을 제대로 하지 못해서 어제저녁에는 집 주위의 루이 필립 다리, 퐁마리, 퐁다콜, 퐁노트르담. 퐁오샹즈, 퐁네프, 예술의 다리를 거쳐서 루브르 박물관 앞의 튈르리 공원까지 걸어갔다. 벤치에 앉아 멀리 에펠탑의 불빛을 바라보면서 이런저런 생각을 한참하다가 돌아왔다.

생각할수록 나는 인복이 있는 사람이고, 나의 대부분은 거의 벗들의 지혜와 일깨움 덕분으로 구성되어, 오늘 여기에 있다는 사실을 새삼스레 깨달았다.

감사하고, 감사할 뿐이다. 이 빚을 죽을 때까지 갚아도 다 못 갚겠지만, 그래도 조금씩 앞으로 옆으로 뒤로 갚아 나가려 한다.

흘러가는 저 센강의 흙탕물이 오늘은 내 인생의 모습과 같다는 느낌이 들었다.

_ 2021. 1. 3.

다시 빅토르 위고와
에밀 졸라를 찾아서

평생 문학을 공부하다 보니 외국 여행을 하더라도 평소에 관심을 가졌던 작가의 창작 산실인 작가의 집이나 작품 배경, 영원히 잠든 묘지를 찾게 된다.

2000년 2월에서 2001년 2월까지 1년간 베이징 대학에 방문 교수로 가 있을 때는 사천성 성도의 두보초당, 박지원의 발자취가 서린 열하(현재 지명은 승덕承德), 윤동주 시인이 잠들어 있는 북간도 용정의 공동묘지를 찾아갔고, 독일 여행 중에는 프랑크푸르트의 괴테 생가, 아일랜드 방문 때는 예이츠와 조이스의 문학 유적을 더듬었다.

2008년 7월부터 2009년 8월까지 런던 대학 SOAS에 가 있을 때는 벗들이 올 때마다 셰익스피어 고향인 스트랫퍼드나 워즈워스의 작품 배경지인 레이크 지방에 갔고, 큰딸이 직장 생활을 하기 시작한 파리에 건너왔을 때는 제일 먼저 몽마르트르 언덕 오른쪽 몽마르트르 19묘역에 잠들어 있는 에밀 졸라를 찾아가 참배했다.

두 아이가 모두 파리에 정착해 살면서는 프랑스를 빛낸 영웅을 모셔놓은 판테온과 모파상, 사르트르, 보부아르, 들라크루아 같은

판테온, 빅토르 위고와 에밀 졸라 묘 앞에서

문화 예술인이 잠들어 있는 몽파르나스 묘지를 가끔 탐방했다.

오늘은 일요일이라 여유가 있어 늘 다니는 센강변 산책길을 걷지 않고, 요즘 새 단장을 위해 한창 공사 중인 보주 광장의 빅토르 위고 집에 가지 못하는 아쉬움을 달랠 겸해서 센강 건너편 언덕에 위용 있게 자리 잡은 판테온을 다시 찾았다. 내가 사회과학을 전공했더라면 당연히 루소와 볼테르의 무덤에 먼저 경배했겠지만, 나의 발길은 저절로 빅토르 위고(Victor Hugo,1802~1885)와 에밀 졸라(Emile Zola,1840~1902)가 같은 방 좌우에 나란히 누워 는 지하 12구역 납골

당으로 향했다. 세계적인 문학 유산이 된 고전 중의 고전, 위고의 대표작 《레 미제라블》은 영화와 뮤지컬과 합창곡으로 끊임없이 재창조되어 소환되고 있다. 2012년 겨울 18대 대통령 선거에서 문재인 후보가 박근혜에게 어처구니없이 패배했을 때, 민주 시민들은 그 상실감과 허탈한 심정을 영화 〈레 미제라블〉을 보며 달랬고, 3년 전 겨울 근혜순실의 비정상적인 적폐 정권 퇴진을 위해 광화문 광장에서 촛불을 들었을 때도 영화와 뮤지컬 삽입곡인 〈혁명의 노래〉를 합창으로 불렀다.

에밀 졸라의 무덤은 위에서 언급한 대로 원래 몽마르트르 묘역에 조성되었으나 판테온에 애국 영웅을 함께 모시면서 이장되었다. 오늘 다시 세계 문학사를 빛낸 두 거장의 묘를 참배하면서, "진리와 광명, 정의와 양심이 바로 신이다."라고 한 빅토르 위고의 문학 정신과 억울하게 간첩 혐의를 받아 종신형을 선고받은 드레퓌스 대위를 구명하고자 당시 신문에 국가 권력의 횡포와 허위에 맞서는 〈나는 고발한다!〉라는 기념비적인 글을 발표한 에밀 졸라의 작가혼을 생각했다.

위고와 졸라, 두 작가가 시간과 공간을 초월해 많은 독자의 사랑을 받는 것은 그들의 작품 속에는 인간에 대한 한없는 사랑, 정의와 진실에 대한 끝없는 열정이 자리하고 있기 때문일 것이다.

파리 한인 차세대 모임 특강

어제(2019. 8. 23.)는 4년 만에 다시 파리에서 치과 의사, 변호사, 연구원, 회사원 등으로 활동하는 차세대 교포들의 정기 모임에 초대받아 짧은 특강을 하고 대화를 나누었다.

반도체 메모리 생산에 필요한 부품 등을 수출하지 않겠다는 아베 정권과 전쟁을 벌이고 있는 상황에서, 해외에서 어렵게 새로운 길을 개척해서 나름대로 한몫하는 30대 젊은이들을 만나니 감회가 있었다.

식견은 부족하지만 청년에 대한 애정은 많은 소생이 독서와 정보의 필요성과 효용성에 대해 새삼스럽게 강조했다. 지식 정보화 시대를 살아가기 위해서도 독서가 필요하고, 자기 성찰과 마음의 평화를 위해서도 종교, 철학, 심리학 분야의 공부가 요청된다고 했다. 말하자면 차가운 머리로 지혜를 탐구하고 따뜻한 가슴으로 자비를 실천하기 위한 독서를 강조하였다.

한국 지하철에서는 모두 핸드폰을 보는데, 파리 지하철에는 책을 보는 사람이 있더라고 했더니, 한 분이 그건 파리 지하철은 와이파

파리 차세대 모임

이가 잡히지 않아서 그렇다고 해서 같이 웃기도 했다. 다들 퇴근을
하고 오느라 배가 고파 저녁 식사를 먼저 하고, 두 시간 정도 이야기
를 나누었다.

　모임이 끝나고 차세대 모임의 심소정 회장이 감사의 말을 하면서
'JACOF(프랑스한인차세대모임)멘토 인증서'를 주었다. 앞으로 더 공부해
서 새로운 이야기를 해달라는 뜻이 아닐까. 사실 이런 멋진 청년들
과 만날 기회가 생겨 내가 오히려 고마웠다. 돌아오는 길에 이런 청
년들에게 우리의 미래가 달려 있지 않을까 하는 생각이 들었다.

레퓌블리크 광장의
마리안느 동상

얼마전 가까운 페친께서 내 페북의 바탕 그림인 〈민중을 이끄는 자유의 여신〉을 보고 누구인지 궁금해하셨다. 마리안느(Marianne) 여신이다.

들라크루아가 1830년 혁명의 장면을 그린 이 〈민중을 이끄는 자유의 여신〉이 프랑스 국민의 사랑을 받고 세계 사람들의 시선을 끌자, 1886년 미국 독립 100주년을 기념해서 뉴욕에 이 '자유의 여신상'을 선물했다. 그리고 1889년 프랑스 혁명 100주년을 맞아 파리의 중심지인 레퓌블리크 광장(Place de la République)에도 자유의 여신 마리안느 동상을 세웠다. 이후 레퓌블리크 광장은 혁명의 완성지이자 각종 집회의 중심이 되었다.

레퓌블리크 광장에 서 있는 마리안느 동상은 프랑스 혁명을 상징하는 원형뿔 모자를 쓰고, 오른손에는 자유를 상징하는 올리브 가지를, 왼손에는 '인간의 권리'라고 쓴 현판을 들고 있고, 조각상 전면에 'Liberté, Egalité, Fraternité'라는 문구가 선명히 쓰여 있다.

4년 전 겨울 광화문 광장에서 박근혜 퇴진을 위한 촛불 집회가 계

레퓌블리크 광장 마리안느 동상

속될 때 파리에 온 나는 조국의 애국 시민과 연대하는 의미로 매주 토요일 트로카데로 인권 광장과 파리시청 앞 그리고 이곳 레퓌블리크 광장에서 시위하고 그 사진을 페북에 올렸다.

이 레퓌블리크 광장에서는 최근에도 노란 조끼 시위, 연금 축소 반대 시위가 열리고, 주말에는 이민자 소수자들의 인권 옹호를 위한 집회가 계속되고 있다.

자유, 평등, 박애를 이룩했다는 프랑스에서도 혁명은 아직 완성되지 않았고 계속 진행 중이다.

앵발리드를 본 소감

- 민중 영웅과 귀족 영웅

상하의 차서 질서를 근간으로 한 조선 왕조 사회가 근대로 이행되면서 여러 가지 사회 변화와 문화 현상이 발생했다.

임진, 병자 양 전쟁 이후 국가 위신의 쇠퇴와 공권력의 추락을 틈타 홍길동, 김막동, 장길산, 광문(달문) 같은 민중 영웅의 등장, 경아전과 서리 역관 같은 중인의 시 창작과 시회 활동, 김홍도나 신윤복 같은 민속 화가의 출현, 한글 소설 창작과 독자에 여성의 주도적 역할, 광대와 소리꾼의 활약이 두드러진다.

왕과 벌열 사대부가 지배하는 시대에서 '민(민중)'의 시대로 서서히 변화해 19세기 중반에 항조 운동과 민란이 일어나고, 1894년에는 전봉준, 김개남, 손화중 같은 민중 지도자가 동학 농민군과 함께 반봉건, 반외세의 깃발을 들고 갑오 농민 전쟁을 벌인다.

세계사에서 대표적인 부르주아 혁명인 1789년 프랑스 혁명의 현장인 파리에 와서도 프랑스의 봉건 왕조가 어떻게 무너지고 혁명이 가능했는지, 혁명 과정에서 농민과 부르주아지의 역할은 어떠했는지, 왕당파와 공화파의 갈등과 대립은 어떤 방향으로 수렴되었는지

앵발리드

가 궁금했다. 그리고 프랑스 혁명의 기세를 올라탄 나폴레옹이 어떻게 프랑스의 귀족 영웅 황제가 되었고, 결국 섬으로 유배 가게 되었는지도 궁금했다.

그래서 한국프랑스사학회에서 펴낸《프랑스사》와《케임브리지 프랑스사》를 비롯한 책들을 읽고, 루브르 박물관, 들라크루아 박물관, 프티팔레 전시관의 혁명 관련 그림을 보러 다녔다. 위고와 졸라의 관이 있는 판테온, 사르트르와 보부아르의 무덤이 있는 몽파르나스 묘지는 틈나는 대로 찾아갔다.

그러나 정작 프랑스인이 자랑으로 여기는 나폴레옹을 모셔 놓은 앵발리드는 가 보지 않았다. 루브르 박물관 분관이 있는 프랑스 북부 도시 랑스 박물관을 갔을 때도 그곳에 전시된 나폴레옹의 대형 초상화와 말을 탄 영웅 나폴레옹의 화려한 모습 앞에서는 오래 머물지 않고 덤덤하게 보고 지나갔다.

그런데 강원대학교 재직 시절 인문사회대에서 같이 근무하다가 서강대로 가신 김모 교수님이 페북에서 이십여 년 전 파리에 오셔서 앵발리드에 다녀간 추억을 말씀하셨을 때, 나의 빈 곳을 지적하는 느낌이 들었다. 10년 이상 파리의 박물관과 미술관, 센강변 유적과 공원을 다니면서도 유독 콩코드 광장에서 알렉상드르 3세 다리만 건너면 있는 앵발리드를 가보지 않았을까 하는 의문이 들었다. 아마도 나폴레옹의 너무 익숙한 귀족 영웅 이미지 때문이 아니었을까. 게다가 나폴레옹을 화려한 돔 아래에 모셔 놓은 앵발리드 안에 프랑스가 벌인 여러 전쟁을 기념하는 '전쟁 박물관'이 있어서가 아닐까.

2000년 베이징 대학 방문 교수로 갔을 때 동료 조선족 교수가 천안문거리 서쪽에 있는 전쟁 기념관이 볼만하게 꾸며져 있으니 한번 보러 가자고 제의했을 때도 6.25전쟁을 '항미 원조 전쟁'이라고 한다기에 사양한 적이 있고, 용산에 전쟁 기념관을 짓는다고 할 때도 뭐 할 일이 없어 전쟁을 기념하는 박물관을 국방부 건물 앞에 짓는지 불쾌해한 적이 있다.

나는 원래 생태 평화주의자인 노자를 따르는 사람이다. 전쟁의 '전(戰)' 자도 싫어하고, '무(武)' 자는 파자하면 전쟁을 그치게 해야 한다는 '지(止)+과(戈)'의 뜻으로 해석해 왔다. 나폴레옹이 프랑스인에게는 영웅일지 모르지만, 세계의 평화주의자에게는 권력과 영토 욕심에 무고한 살상을 저지른 전쟁광일 수 있고, 프랑스 혁명으로 이룬 자유, 평등, 박애라는 공화적 가치를 훼손하고 다시 황제 시대로 역행하려한 권력 탐닉자일 수 있지 않을까.

그럼에도 어제 늘 흐리고 비가 간간이 뿌리던 파리 날씨가 오랜만에 쾌청하고 봄날같이 따뜻해서, 매일 센강변만 걷는 산책길을 택하지 않고, 묵은 숙제나 하자는 심정으로 앵발리드의 나폴레옹 무덤과 전쟁 박물관에 갔다. 혹시나 하고 가봤지만, 역시 그저 그런 영웅을 모시는 박물관이었고 전쟁의 승리를 보여 주려는 전시장에 불과했다.

차라리 파리 시내의 그 넓은 땅을 어린이의 놀이터와 시민의 휴식터로 조성했으면 어땠을까 하는 생각이 들었다. 나만의 망상일지 모르겠다.

그래도 '정든 지옥'으로

이명박근혜 시절 내가 파리에 오기 전날까지 광화문과 시청에서 항의 시위에 참여하고 온 것을 보고 사위가 정년퇴직을 하면 파리에 와 살자고 권유했을 때 나는 단호히 거절했다.

내가 좋아하는 나희덕 시인이 우리나라가 '정든 지옥' 같다고 한 것처럼 분단 모순과 양극화, 미국식 천민자본주의 시스템, 난개발과 생태 환경 파괴, 적폐 기득권 세력의 후안무치한 끈질긴 현상 유지 책동, 문민 정부에 대한 조중동 찌라시 언론의 무차별 흔들기, 불공정과 편파적 판결을 일삼는 사법부를 보면 지옥이 따로 없는 것 같다.

그러나 윤동주, 이육사, 장준하, 함석헌, 문익환, 전태일, 조영래, 박종철, 이한열 그리고 최근의 노회찬 같은 분들을 생각하면 가슴에 감동이 일고 자부심을 느낀다.

근년의 4대강 보 설치 반대와 광우병 소 수입 반대, 세월호 진실 규명 및 책임자 처벌, 국정 교과서 반대, 박근혜 퇴진을 위해 촛불을 든 위대한 시민과 함께 연대하면서 '다이내믹 코리아'를 실감했고 희망을 품게 되었다.

운명적으로 한국에서 태어나고 한글이라는 모국어로 공부하고 살아가는 내가 어찌 힘들다고, 나 혼자 편해지자고 프랑스에서 여생을 보낼 수 있겠는가. 지금처럼 무더운 여름이나 추운 겨울에 가족 중 7분의 5가 사는 이곳에 와서 외손녀와 함께 지내다가 돌아가서, 그동안 나를 키워 준 스승님들의 가르침과 선후배님의 도움에 대한 은혜를 조금이라도 갚고, 우리나라가 좀 더 정의롭고 인간적인 사회, 가난하고 약한 사람이 더는 피눈물을 흘리지 않아도 되는 사회를 만드는 데 내 깜냥껏 기여하고 싶다.

내일 귀국해 8월 말 정년퇴직을 하면 처음 대학에 들어간 신입생의 마음으로 돌아가 새롭게 세상과 역사를 공부하고, 어질고 선한 벗들과 교류하면서 노회찬 의원처럼 힘든 상황에서도 유머와 여유를 잃지 않으면서 자유롭게 지내고 싶다.

코로나19 시대의
서울과 파리

우리 내외를 제외한 두 딸네 가족이 파리에 살고 있어, 매일 전해지는 코로나19 발병 상황에 대해 국내 소식뿐만 아니라 세계 뉴스에도 촉각을 세우고 있다.

나는 손녀들이 보고 싶어 여름과 겨울 방학마다 파리에 한두 달가 있지만, 노처는 일 년의 절반인 6개월을 파리에서 손녀들을 돌보며 지낸다. 이번 겨울 휴가를 마치고 2월 7일 내가 귀국할 때 한국에서는 코로나19가 발병하고 있었지만, 파리는 아직 아무런 조짐이 없었다. 파리 약국에서 마스크 10장을 사서 귀국할 때 쓰려고 했으나 드골 공항에 마스크를 쓴 사람은 중국 관광객밖에 없었다.

그러나 노처가 귀국한 2월 29일에는 사정이 달라졌다. 프랑스 정부에서 약국의 마스크를 다 수거해 가서 현장 의료진과 방역 필수인력에게 우선 공급하는 조치를 취해 노처는 딸네 집에 있던 마스크 한 장을 들고 비행기에 탑승했는데, 기내 모든 승무원과 승객들이 다 마스크를 착용하고 있었다고 했다.

귀국 후 한두 달이 지난 지금 파리와 서울의 상황은 역전되었다.

서울은 위험하니 좀 더 있다고 가라고 만류하던 파리의 딸네 식구 6명을 우리 늙은이들이 오히려 걱정하게 되었다.

한국은 코로나19에 기민하게 대응하여 세계의 모범국으로 주목을 받고, 코로나 진단 키트에 대한 문의가 쇄도하고, 한국 라면의 수출이 급증하였다. 반면에 그동안 문명국이라고 자부하던 이탈리아, 스페인, 독일, 프랑스, 영국 등이 중국에 이어 제2의 코로나 감역 지역으로 바뀌었다. 최근에는 중국 우한에서 코로나가 발생하여 급격히 확산할 때 강 건너 불구경하는 방관자적 태도를 취하던 세계 패권 국가 미국에 코로나바이러스가 창궐하여 어제 현재 확진자 34만 9,885명, 사망자 1만 327명이 발생하여 세계 1위라는 불명예를 기록하고 있다.

한국은 어제 발병이 50명 이하로 줄어들고 확진자 1만 284명, 사망자 186명을 기록하여, 프랑스의 확진자 9만 2,890명, 사망자 8,078명에 비해 엄청나게 적다. 외신들의 찬탄이 아니더라도 객관적인 통계 지표가 우리나라가 정말 역병에 선방하고 있음을 말해 주고 있다. 이는 한국 의료진과 방역 종사자들의 헌신적 노력, 자발적 거리 두기와 마스크 착용 손 씻기 등 개인 위생을 실천한 깨인 시민, 투명한 정보 공개와 기민한 대응을 한 일선 공무원과 민주적인 리더십이 함께 이루어 낸 결과일 것이다. 그런데 이런 과정에서 우리나라가 돋보이는 것은 정부가 강압적이고 일방적인 통제의 방식을 취하지 않고, 개인 이동의 자유와 일상 활동을 가급적 해치지 않으면서 집단 감염을 막기 위한 최소한의 조치로 학교 휴교와 종교 집회 금지, 재택근무를 권고하고 있다는 점이다.

오늘도 집에서 러시아 영화 〈전쟁과 평화〉 4부작을 보다가 눈이 피로해 저녁나절 안양천으로 바람을 쐬러 나갔다. 사람들이 몰려들까 봐 언덕 위 벚꽃길은 통제하고 있었지만, 하천과 언덕 중간에 조성된 산책길에는 평소와 다름없이 걷기를 즐기는 시민들이 활보하고 있었다. 문득 우리가 귀국할 때 한국은 코로나바이러스로 위험하니 좀 더 있다가 가라고 한 두 명의 프랑스 사위의 말이 생각나 슬그머니 웃었다. 역시 세계 코로나19 추이 현황에서 '아름다운 그래프'(NYT)를 그리고 있는 '자랑스러운' 우리나라에 돌아오길 잘했다.

코로나바이러스가 빨리 가라앉고 우리 모두 일상으로 돌아가 지금까지와는 다른 문명과 생태적 삶을 모색하길 바란다. 그런데 요즘 천방지축 트럼프가 인상을 쓰며 기자회견을 자주 하고, 끝까지 올림픽을 열겠다고 고집부리던 아베의 썩은 얼굴을 보면서 약간 고소하다는 느낌이 드는 것은 어떤 협량한 선비의 뒤끝 작열 심보 때문일까. 보기 싫은 이 두 사람은 우리가 어찌할 도리가 없으니, 그동안 광화문에서 성조기를 들고 설치던 맹목적 숭미주의자들의 극우 정치 세력과 위안부 문제 해결에 일본 편을 들고 지소미아 연장을 외치며 자위대 창설을 축하해 온 나 모를 비롯한 미래통합당과 미래한국당 국회의원 후보자들을 오는 4.15 총선에서 표로 심판할 수밖에 없다.

강단과 거리 넘나들며 '사유 실천' 인문학자, 김영 인하대 명예교수

한겨레 휴심정(2018년 11월 28일 자) 조현 기자

"김영 교수님을 모시고 숙대에서 공부하는 〈인문학적 상상력을 위한 한문강의〉 10강. 사서삼경뿐만 아니라 순자, 묵자, 박지원, 정약용, 채근담 등 다양한 텍스트가 너무 재미있어서 단 한 회도 빼놓지 않고 배우고 있다. 그 어려운 문장들을 너무도 쉽고 깊게 가르쳐 주신다. 선생님 나이에 저렇게 강연할 수 있을지."

최근 윤동주 연구가로 유명한 김응교 숙명여대 교수가 자신이 위원장으로 있는 한국작가회의 국제위원회에서 연 제4회 세계 문학아카데미 초청 강사인 김영 교수의 강의를 듣는 소감을 페이스북에 올렸다. 아주대 의대 최영화 교수와 '오늘의 젊은 예술가상'을 수상한 김준영 거문고 연구가 겸 작곡가 등과 함께 강좌를 듣는 재미가 쏠쏠하다는 것이다. 수강생들은 내친김에 내년에도 더 장기적인 법석

한겨레 인터뷰 기사

을 펼치자며 추가 강연을 요청하고 있다.

　그러나 김 교수는 이를 거절했다. "서울 시내에선 강사료만 주면 얼마든지 좋은 강사를 모실 수 있지 않느냐"는 것이다. 자기는 "인천의 작은 도서관에서 강의하겠다"는 것이다. 지난해 대통령선거에서 민주당 인천시선거대책위 공동위원장을 맡았으면서도 문재인 대통령 당선이 확정되는 날 에스앤에스에 "선거에 공을 세운 사람들은 모두 물러나고 이제부터 적재적소에 필요한 인물을 기용하도록 해야 한다"고 선언한 그다운 모습이다.

인문학적 상상력을 위한 한문강의 유명

지난 19일 숙대 옆 효창공원에서 김영(65) 교수를 만났다. 그는 백범 김구 선생의 묘를 보자 "백범은 군사강국이나 경제강국이 아니라 오직 한없이 가지고 싶은 것은 높은 문화의 힘이라고 하지 않았느냐"며 "그 힘이 우리 자신을 행복하게 하고 나아가 남에게 행복을 주기 때문이라고 했다"고 말했다. 효창공원의 백범이나 삼의사 같은 해방전사들과 인문학자는 전혀 통할 것 같지 않지만 그렇지 않다. 김 교수가 바로 그 증인이다.

김 교수는 문학소년이었다. 소설가 김동리, 시인 박목월, 아동문학가 김성도가 나온 대구 계성고에 진학해 경북 의성의 시골에선 본 적이 없던 문학서들을 보자 그는 갈증 난 사람처럼 마음껏 들이켜다가 연세대 국문학과에 진학했다. 그런 문학소년을 뒤흔든 것은 우선 학내 자유교양회라는 독서모임이었고 그다음이 학내까지 군인들을 진주시킨 박정희의 독재였다. 그는 "1971년 위수령이 발동돼 교련 반대를 주모한 학생회와 이념동아리 학생들이 모두 잡혀가서 이가 빠지자 잇몸 격인 '독서모임'에서 삭발을 하고 나서지 않을 수 없었다"고 했다.

자락서당 훈장 하며 교육공동체

뜻하지 않게 책에만 안주할 수 없게 된 그는 자신이 좀 더 강인해질 필요를 느끼고 해병대에 입대했다. 제대 뒤엔 복학해 민족사학의 계보를 이은 김용섭 교수와 역사주의적 인문학자 임형택 교수를 사사하며 식민지근대화론에 맞서 주체적 문학발전론을 정립해갔다. 이런 노력은 민족문학사연구소의 설립으로 이어졌다. 임형택 교수를 대표로 모시고 그가 기획실장으로, 지배층들만의 고전을 민본사상으로 재해석한 다산 정약용과 연암 박지원 등의 실학사상과 문학을 알리는 데 앞장섰다. 학교 밖에서는 향린교회 대학생부에 다니며 안병무 박사를 통해 억압받고 가난한 자들을 위한 민중신학에 눈을 떴다.

그가 필생의 학문이 된 '한문'의 세계에 들어선 것은 대학원 때 한국고등교육재단 장학생으로 선발되면서부터였다. 그 재단은 대가 끊길 위기에 있는 한학을 공부할 이들을 에스케이가 선발해 경기도 남양주 태동고전연구소 지곡서당 임창순 선생에게 3년간 맡겨 전통식으로 배우게 했다. 김교수는 "그때 논어, 맹자 외느라 머리가 다 희어졌다"고 했다.

그는 태동고전연구소에서 한문을 공부한 뒤 강원대 국문학과 교수에 이어 1992년부터 인하대 국어교육과 교수로 옮겨 사대 학장과 교육대학원장, 교수회 의장까지 지냈다. 교수 시절 민족문학사연구소 대표, 한국한문학회 회장 등을 지내고, 2016년엔 인하대 총동창회가 주는 '인하참스승상'을 수상하기도 한 그는 지난 8월 정년퇴직했다. 그러나 월급 없는 '자락서당 훈장'만은 놓지 않았다. 고향 마을 '자락리'에서 따온 '자락(自樂)서당'은 교사 임용고에 떨어진 학생들이 낙방을 부끄러워하고 사람도 만나지 않으려 하자 논어, 맹자, 노자, 장자를 공부해 보자며 시작한 것이다. 그 덕에 공부에 재미를 붙인 이들은 교사와 장학사, 교감과 교장이 되어서도 함께했고, 늘 10~15명을 유지한 교육공동체가 되었다.

그런데 그는 일반인들이 '꼰대'로 생각하기 쉬운 그런 책상물림 '훈장'이 아니다. 세월호 참사 이후 광화문 시위 현장 개근상감인 그다. 그가 광화문 촛불시위에 빠짐없이 나온 것은 남성과 소수 권력자들에게 억압받은 가난한 자들이 인간답게 사는 길을 열고 싶어서였다고 한다. 그는 "고전의 핵심이 '옛것을 본받아 새것을 창조한다'는 법고창신(法古創新)이며, 지금 새롭게 해야 할 것은 '지배자가 아닌 백성이 근본'인 민유방본(民惟邦本)이니 이를 실현해야 한다"며 '거리의 인문학자'가 되었다.

또한 '함께 사는' 대지혜를 가르치지 않고 나만 잘되면 된다는 소지혜 교육으로 김기춘, 우병우 같은 엘리트들을 기른 이 나라의 교육계의 일원으로서 반성과 혁신의 길에 나서지 않을 수 없다는 것이었다. 그 거리엔 여성민우회와 가족과성상담소 창립멤버인 부인 서은숙(62) 씨가 늘 함께했다.

"런던 가보니 교수 갑질커녕 헌신"

부부는 다양한 북콘서트와 강좌의 청중이 되기를 마다하지 않는다. 최근에도 함세웅 신부의 〈이 땅에 정의를〉, 김근수 해방신학연구소장의 〈평화의 예수〉, 정혜신 박사의 〈당신은 옳다〉, 전호근 교수의 〈노자와 장자〉 강의를 들었다. 법륜 스님이 어떻게 대중과 공감하는지 즉문즉설도 함께했다. 김 교수는 "연암 박지원은 모르는 것이 있으면 길 가는 아이에게라도 물어보라고 했다"며 "배우면 다 내 것이 되는데, 왜 배우지 않겠느냐"고 말했다. 그는 "런던에 공부하러 가보니 대학교수들이 갑질은커녕 개강파티를 다 준비하고 학생들이 와서 먹고 가면 교수들이 치우더라"며 "에헴 하며 제자들이 찾아오기만 기다려서 뭐 할 건가. 나는 이렇게 찾아다니며 배우는 학생이 되겠다"고 했다.

그의 소통은 더 아래 세대로 내려간다. 한국고등교육재단의 장학혜택을 본 이들이 지식을 지방 고교생들에게 환원하게 하는 드림렉처 '너만의 꿈을 키워라' 프로그램에 참여하는 그는 매번 강의료로 책을 사서 나눠주며 좌절감이 큰 지방의 아이들에게 꿈을 심어주었다. 이름만큼이나 '젊은(Young) 그대'이다.

고전에
? 길을
묻다

고전에 길을 묻다

초 판 1쇄 인쇄·2021. 4. 2
초 판 1쇄 발행·2021. 4. 9

지은이   김영
발행인   이상용
발행처   청아출판사
출판등록   1979. 11. 13. 제9-84호
주소   경기도 파주시 회동길 363-15
대표전화   031-955-6031   팩스 031-955-6036
전자우편   chungabook@naver.com